여행 드롭

여행 드롭

에쿠니 가오리 지음
김난주 옮김

소담출판사

旅ドロップ

차
례

프롤로그

밤의 신칸센은 외롭죠

혼자 타고 있어서 외롭고

차창에 사람들 모습이 비쳐서 외롭고

모두들 지쳐서 잠든 것도 외롭고

간식을 파는 카트가 조심스레 지나가는 것도 외롭죠

성실하게 일하고

기차표를 사고

도시락을 사는 것도 빠트리지 않고

맥주도 물론

충실한 인생입니다

꽤 바쁘고

네, 여행을 좋아하죠

하지만 밤의 신칸센은 외롭죠

불빛이 휘황하게 밝아 외롭죠

비행기를 타고

그녀를 만나러 가자

전철을 타고 온 듯한 표정으로

짐도 하나 없이

대문과 방문과 벽과 지붕을 비교하면

바다와 산은 아무도 넘을 수 없다

비행기를 타고

그녀를 만나러 가자

걸어온 듯한 표정으로

짐도 하나 없이

공항에 내리면 "이지"라고 말하자

저마다

가볍게

진눈깨비가 내리는

어둡고 추운 날

영국의 시골 마을에서

여동생이 장거리 버스 운전사에게

원더라는 이름의 인형을

사게 했다

사게 했다라는 표현은 적절하지 않을지도 모른다

노-! 노-!

사양이 아니라 경악한 표정으로

여동생은 강경하게 말했다

거의 겁에 질린 얼굴로

고개를 가로저었으니

그러나 운전사는

그 인형을 사서

선물이라고 말했다

즐겁게 만족스럽게

버스 안에서

동생은 인형을 꼭 쥐고 있었다

어쩔 줄 모르는 표정으로

멍하니

인형은 펭귄 모양

강렬한 빨간색 부리

초겨울 창밖은 황량하고

모든 것이 젖어 있었다

아무튼

그때 장거리 버스 운전사에게

꼭 선물을 하고 싶게 만든 여동생의 실력에

나는 감탄했지만

정말 감탄해야 할 일은

10년이 지난 지금도

조금도 다르지 않은 곤혹스러운 표정으로

멍하니

어쩔 줄 모르고

그런데도 여전히 그 인형을 소유하고 있는

여동생의 기개다

윈더라는 이름까지 지어 주고서

여행 드롭

이 동네 저 동네에서 해가 진다, 해가 진다,

지금 온 이 길, 돌아가자, 돌아가자.

이런 노랫말의 동요가 있다(작사 노구치 우죠, 작곡 나카야

마 신페이). 어릴 때 읽었던 그림책의 노래 페이지에는 저

녁나절의 싸늘하고 파란 하늘을 배경으로, 아이들 서너 명이 언덕의 들길을 걸어가는 다케이 다케오의 삽화가 그려져 있었다. 언덕 아래에는 동네가 있고, 집집마다 불이 켜져 있다.

어렸을 때, 나는 그 노래가 무서웠다. 언어의 울림과 그림의 분위기 때문에 '돌아가자'를 '돌아가지 않을 거야'라는 의미로 착각했기 때문이다. 노랫말은 이렇게 이어진다.

집이 점점 멀어지네, 멀어지네,

지금 온 이 길, 돌아가자, 돌아가자.

이 아이들은 대체 어디로 가는 것일까, 집이 멀어지는데, 벌써 밤이 되었는데. 그렇게 생각하자, 내 일이 아닌데도 걱정스러웠다. 〈하멜른의 피리 부는 사나이〉를 연상하기도 했다. 〈하멜른의 피리 부는 사나이〉는 뭐 때문인지 아이들이 피리 부는 사나이를 따라가 마을에서 사라지는 이야기였다.

'돌아가자'를 '돌아가지 않겠다' 하는 결심을 표현한 것으로 오해한 채, 무서우면서도 이 노래를 자주 흥얼거렸다. 그러면 외로움과 불안함 속에서, '그래도 꼭 가야 한다' 하는 이유를 알 수 없는 결심과 용기가 솟아올랐다.

어른이 되어 집으로 돌아가자는 내용의 노래라는 것을 알았지만, 때는 이미 늦었다. 내게 이 노래는 여전히 아이들이 집을 버리는 노래다. 한 번 강렬하게 새겨진 인상은 지워지지 않는다.

여행을 좋아해서 여행하는 일이 많은 생활을 하고 있지만, 사실 나는 겁이 많다. 여행을 떠나기 직전의 공항이나 역의 플랫폼에서, 또는 여행지의 호텔 방에서 용기를 북돋기 위해 지금도 간간이 이 노래를 흥얼거린다. 물론 여행이니 언젠가 집으로 돌아간다는 것을 알지만, 그래도 여행을 떠나기 위해서는 집을 일단 '버릴' 필요가 있다. 절대 발

길을 돌리지 않을 거야, 하면서 스스로를 고무할 때, 어렸을 때 본 그림책 속의 싸늘하고 파란 하늘과 언덕 아래 동네의 불빛이 내 안에 되살아나고, 잃을 것이 없었던 그 시절의 불온한 가벼움과 야만적인 용기도 되살아난다.

여행을 떠날 때면 나는 언제나, 꼬맹이로 돌아가는 기분이다.

몇 년 전에 피아니스트 소노다 료 씨와 오이타에 갔다. 그곳에서 열리는 이벤트에 초대받았기 때문인데, 소노다 씨의 피아노 연주에 맞춰 시를 낭독했다. 소노다 씨가 연주하는 피아노의 음색은 명석하고 아름답고, 자유자재로 언어에 쏙 스미고 투명하게 공간을 메웠다. 같은 무대에 있자니, 음악이 온몸을 관통하는 느낌이었다.

신록이 푸르른 계절이었고, 이벤트 장소는 산속이었다. 한 걸음 밖으로 나가면, 눈에 다 담기지 않을 정도로 온 사방이 초록이었다. 바람이 불면 나무 이파리들이 일제히 ─ 왜 그런지 이파리 하나하나가 다른 방향으로 ─ 흔들렸고, 촉촉한 공기는 더없이 맑았다. 너무도 상쾌해서 나는 게타(일본의 나막신 _ 옮긴이)를 샀다. 무대에 올라 대중들 앞에 서야 하니 굽이 있는 구두를 신고 있었는데, 좀 더 흙에 스밀 수 있는 것을 신고 싶었던 것이다. 그 정도로 산의 녹음은 아름답고, 해방감으로 넘쳤다. 그래서 과도하게 해방된 것이리라. 이벤트가 끝나자 나는, 나 자신이 왜 그랬는지 지금도 알 수 없는 행동을 했다. 이벤트 장소 근처에 있는 놀이공원에 간 것이다.

놀이공원.

평소에 아웃 레저와 인연이 없는(애당초 밤이 아니면 나다니지 않는다) 생활을 하는 데다 아이도 없는 내게 그곳은 외국보다 더 먼 비일상적인 공간이라 모든 것이 신기하고 놀라웠다. 그래서 '버드맨'이라는 탈것에 자진해서 타고 말았다. '탈것'이라는 표현은 옳지 않다. 그것은 크레인이었으니까. 몸에 벨트 같은 것을 장착하고 높이 끌려 올라가다 못해 사방으로 휙휙 흔들린다. 공포에 질린 나머지 나의 사고는 완전히 정지되고 말았다. 입에서 비명 하나 나오지 않았다. 숨도 쉬지 못했던 것 같은데, 숨을 쉬지 못했다면 죽었을 테니 아마(간간이, 조금씩은) 쉬기는 했을 것이다. 밑에서 올려다보던 사람들은 내가 '공중에서 기절하는 줄 알았다'고 한다. 지상으로 내려온 후에도 나는 망연자실한 상태였다.

몇 번이나 생각해 봐도, 평소의 나를 벗어난 행동이었다. 일 때문에 간 여행이었는데, '버드맨'이라니. 그때를 떠올리면 부끄럽다. 하지만 왠지 웃음이 나오는 기억이기도 하다.

그때 산 게타는 지금도 마음에 든다(줄은 빨간색이고, 나뭇결이 살아 있는 갈색 나무에 니스칠을 한 바닥). 화분에 물을 주거나,우편물을 가지러 현관 밖으로 나갈 때 신는다. 그럴 때마다 오이타의 푸르른 녹음과 그때의 망연자실이 떠오른다.

지 리 공 부

나는 지리에 약하다. 파타고니아가 어디에 있는지 모르는 채 브루스 채트윈Charles Bruce Chatwin의 책을 읽었고, 도미니카 공화국이 어디 있는지 모르는 채 주노 디아스Junot Diaz를 읽었다. 대화하는 중에 누군가가 '아제르바이잔'이라고 하면, 그곳이 어디 있는지 모르는 채 얘기

지리 공부

29

를 계속 들었다. 그러다 작년에 불쑥, 이래서는 안 되겠다고 반성하고 지리 공부를 하기로 결심했다.

텍스트로 〈MAPS〉(알렉산드라 미지엘린스카 & 다니엘 미지엘린스키Aleksandra Mizielinska and Daniel Mizielinski 지음)라는 그림책을 선택했다. 아동용 그림책이라고 우습게 보면 안 되는 정말 멋진 책이다. 바라만 봐도 즐겁고, 이해하기도 쉽다. 덕분에 공부를 시작한 지 이제 석 달 지났는데 상당히 많은 것을 알게 되었다.

예를 들면.

• 세계에는 크게 7대륙이 있다.

• 그 7대륙에 남극은 포함되지만 북극은 포함되지 않는다(지면이 얼음이라서 그럴까?).

이 글은 실제로 내가 노트에 쓴 문장인데, 그렇게 기본적인 것부터 시작했다고요? 하며 어이없어할 테지만, 네, 그렇습니다. 거기서부터 시작했어요. 아, 과거의 선생님들께 죄송하다.

아무튼 그렇게 무지한 터라, 그림책을 펼칠 때마다 "호오!" 하고 놀라고, "어머나, 그렇구나." 하고 새삼스레 깨닫는 등 매일이 놀람의 연속이다. 프랑스와 스페인 사이에 안도라라는 나라가 있다는 것도(수도는 안도라라베야!), 이탈리아 반도에 바티칸 시국 외에 산마리노라는 독립국이 있다는 것도(수도는 산마리노!) 처음 알았다. 파타고니아와 도미니카 공화국과 아제르바이잔의 위치도 지금은 제대로 알고 있다. 거기서 끝이 아니다.

텍스트가 그림책이다 보니 보통 지도에는 없는 것 ─ 그곳에 생식 하는 동식물 과 그 나라 사람들의 식 사, 그 나라 를 대표하는 것, 민족의

상과 관광 명소와 유적지 그림 – 이 많이 실려 있어, 나는 거기에 한눈이 팔렸고, 나의 뇌는 지명 이상으로 그것들을 흡수하고 말았다. 이집트에는 '풀 메담메스'라는 요리가 있는데 '콩, 올리브오일, 양파, 마늘을 레몬즙과 함께 푹 익힌' 스튜인 듯하다. 폴란드의 위사 구라산Łysa Góra은 '옛날에 마녀 집회가 열렸다는 산'이라고 한다. 아이슬란드에는 온천수가 30미터나 솟는 곳이 있다고 한다. 보고 싶다! 가고 싶다! 먹고 싶다!

지리 공부를 하자니 여행을 떠나고 싶어진다.

마리와 나는 중학교에서 만났다. 소설과 영화 얘기를 하다가 마음이 맞았다. 우리 둘은 소설이나 영화에 등장하는 외국을 동경하면서 언젠가 함께 전 세계를 여행하자고 굳게 약속했다.

스무 살이 되자마자 아르바이트를 해서 돈을 모아, 약속

한 대로 여행을 몇 번 했다. 그러나 물론 '전 세계'는 아니었다.

파리는 둘 다 꼭 가 보고 싶었던 곳인데, 처음 둘이 간 그곳 여행은 정말 비참했다. 요즘과 달라서 거리에 영어를 하는 사람이 많지 않았고, 그런 영어조차 어눌한 동양인 여자 둘은 어디에 가도 냉대를 받았다. 지금 생각해 보면 이해가 되는데, 우리는 그냥 실력 부족이었다. 지식도 어학력도 자신감도(더불어 돈도) 없었을 뿐더러, 불합리한 취급을 당했을 때 명확하게 항의해야 한다는 의식도, 그런 기술도 없었다. 파리는 어른들의 도시로 그런 것을 갖추지 못한 사람을 몰인정하게 대하고, 어엿한 어른으로 인정하지도 않는다.

카페에 들어가도 종업원이 자리를 안내해 주지 않는가 하면 호텔도 여섯 군데에서나 숙박을 거절당했다(덕분에 '만실'이라는 단어를 익혔다). 그럴 때마다 우리는 분개하면서 점차 피폐해지고, 우울해졌다. 지하철 하나 타는 것만 해도 번번이 노력이 필요했다. 당시는 창구에서 직원과 대화를 하지 않고는 지하철 표를 살 수 없었고, 안내판 같은 친절한 것도 없어 길을 모르면 구내에서 우왕좌왕할 수밖에 없었다. 구내는 어두컴컴하고 더럽고, 홈리스들이 풍기는 냄새로 가득했고, 어디선가 반드시 구걸하는 사람이 나타났다. 간신히 지하철에 올라탔나 싶으면, 이번에는 집시 아이들이 둘러싸고 지갑을 훔치려 했다.

그런 모든 일에 겁이 나고 주눅 든 나는 마리에게 조금 돈이 들더라도 택시를 타자고 제안했다. 그러자 마리는 이렇게 말했다.

"우리는 도쿄 걸이잖아! 도쿄의 그 복잡한 지하철을 매일 타고 다니는데, 파리의 이깟 지하철이 뭐라고. 간단, 간단. 졸 거 없어!"

그로부터 30년이 지나 수많은 나라의 지하철이 그 무렵보다는 안전하고 쾌적해졌고, 나도 외국에 나가 겁을 먹고 벌벌 떨지 않을 정도로는 어른이 되었다. 그러나 나는 외국

에서 지하철을 탈 때면 지금도 마리의 그 말과 목소리를

떠올린다.

버터를 좋아해서 토스트에도 바게트에도 햄 샌드위치에도 핫케이크에도 듬뿍 발라 먹는다(차가운 버터를 좋아해서, 핫케이크 위에 올리지 않는다. 한 입 먹을 때마다 신선한 버터를 바르면서 먹는다. 토스트도 마찬가지).

버터는 단순하면서도 품이 깊다. 매끄럽고, 고요하고,

조신하다. 싸늘하고 청결한 맛이 난다. 나는 생크림 케이크보다 버터크림 케이크를 좋아하고, 피넛 버터도 버터 스카치도 버터 피칸 아이스크림도 핫 버터드 럼도 무척 좋아한다. 버터넛이라는 호박이 있는데 호박의 이름이 그럴 뿐 버터와는 무관하다는 것을 아는데도, 레스토랑 메뉴에 있으면 그 이름의 울림을 이기지 못하고 그만 주문하고 만다.

사정이 그렇다 보니, 언젠가 친구에게 고쿠라에 '버터 빵'이 있다는 말을 듣고는 흥분하고 말았다. 그럴 수밖에! 버터 토스트도 버터 롤도 아닌, 버터 빵! 버터라는 이름이 붙은 미지의 것.

친구 말이 한 개에 70엔이라고 했다. 70엔! 나는 그 가격에도 뭐라 설명할 수 없는 감흥을 느꼈다. 그저 싸서 좋다는 게 아니라, 뭐랄까, 70엔이라는 가격에는 정직함과 견실함, 그리고 융통성 같은 것이 있다고 생각했다.

그리고 얼마 후에 마침 후쿠오카에서 공개 대담을 하는

일정이 있었다. 버터 빵을 사러 갈 기회라고 나는 신이 나서 콩콩 뛰었다.

그런데.

태풍이 규슈 지방을 직격한다는 일기 예보, 그리고 행사가 취소되었다. 당일 비행기가 뜨지 않을 가능성이 있는 데다 행사장에 오는 손님들의 안전을 고려해 내린 판단이라니 어쩔 수 없는 일이었다. 그러나 버터 빵을 살 수 없다. 나는 맥이 좍 풀렸다. 다음에 언제 또 규슈에 가게 될지 알 수 없다. 그러다 불쑥 깨달았다. 비행기는 뜨지 않아도 신칸센은 달린다!

시간은 비워 놓았으니 별문제 없었다. 나는 집을 나섰다. 도중에 지나친 교토에도 오사카에도 폭우가 쏟아지고 있었는데 규슈에 접어들자 비가 그쳤고, 고쿠라에 도착했을 때는 부연 햇살까지 비쳤다. 버터 빵이 나를 축복하고 있는 것처럼 느껴졌다.

버터 빵은 아주 앙증맞은 빵이었다. 동그랗고 조그맣고 앙증맞은 빵이 쟁반에 조르륵 줄지어 있었다. 비 갠 고쿠라에서 오물오물 먹은 그 빵은 부드럽고 달콤하고, 왠지 모르게 그리운 맛이 났다.

오스카 와일드Oscar Wilde의 〈행복한 왕자〉는 가슴이 먹먹해지리만큼 슬픈 이야기다. 어렸을 때는 그 슬픔이 너무도 선명해서 어떻게 대처하면 좋을지 몰랐다. 마음은 찢어질 것 같은데도 책에서 눈을 떼지 못하고 숨죽여가며 읽었다.

뭐 때문에 그렇듯 슬펐을까. 물론 압도적으로 제비였다. 주인공 왕자(온몸을 금박과 보석으로 치장한, 모두가 자랑스럽게 여기는 아름다운 동상. 백성들이 가난하게 생활하는 모습이 가슴 아파, 제비에게 부탁해서 자신의 금박과 보석을 백성들에게 전한다)의 아이러니한 말로(사람들은 이렇게 볼품없는 동상은 이제 필요 없다며 왕자를 용광로에 녹여 버린다)에는 별로 동정이 가지 않았다. 신기하게 심장은 녹지 않았다는 결말이라 왕자의 혼은 불멸하다는 걸 알고 안심했기 때문인지도 모르지만, 그보다는 아무튼 제비다. 따뜻한 남쪽 나라로 가야 한다고 몇 번이나 애걸하면서도, 왕자의 부탁을 거절하지 못해 하루하루 출발이 늦어져 끝내는 얼어 죽고만 그 제비.

어려서 읽었을 때는 왕자의 선의와 헌신은 당연히 아름다운 것이어서 제비의 죽음에 대한 분노를 화풀이할 곳이 없었고, 애처로움과 불합리함을 이해하게도 되었지만, 지금 나는 분명하게 말하고 싶다. 왕자가 잘못했다고. 철

새인 제비는 태생이 나그네이다. 태어날 때부터 나그네인 존재에게서 여행을 빼앗아서는 안 된다. 그건 정말 가혹한 일이다.

그 점에서 〈엄지 공주〉는 훌륭하다. 안데르센이 지은 이 이야기의 여주인공은 무리를 놓치고 병들어 쓰러진 제비를 정성스럽게 간병한다. 그리고 유일한 친구이며 자신을 이해해 주는 그 제비를 자기처럼 '갇힌 신세'로 만들지 않고 길을 떠나보낸다.

내게는 길 떠나려는 사람을 붙잡아서는 안 된다는 신념(?) 비슷한 것이 있는데, 어쩌면 이 두 이야기에서 비롯되었는지도 모르겠다.

그런데 왜 제비는 이야기 속에서 늘 그렇게 괴로운 일만 당하는 것일까. 〈엄지 공주〉에서 그 제비는 이듬해에 돌아와 엄지 공주를 궁지에서 구해 내 함께 남쪽 나라로 날아가는데, 그때 실질적으로는 프러포즈라 할 수 있는 말을 엄지 공주에게 하지만 가엾게도 거절당하고 만다. 나는 도저히 분개하지 않을 수 없다. 엄지 공주의 그 판단이 과연 옳았는지.

얼어 죽지는 않았지만, 이 제비 역시 가엾다.

당일치기 여행을 정의하기란 쉽지 않다. 당일치기 여행과 한나절 걸리는 소풍은 어떻게 다를까.

가령 놀이공원이나 수족관을 찾아 한나절을 보낸 경우, 당일치기 여행이라고 할 수도 있을 텐데 그렇게 말하지는 않는 듯하다. 하지만 강이나 산을 찾아, 물에 발을 담그고 숲을 바라보며 바람 소리를 들었다면 당일치기 여행이라 하지 않을 수 없다. 어쩌면 자연을 접하는 것이 중요한 포인트가 아닐까 싶은데, 근처 공원에 가서 자연을 접했을 뿐이라면 여행이라고 하지 않는다. 거리일까. 아니면 밖에 나가 있던 시간? 그렇다면 어느 정도 거리가 떨어져야, 어느 정도의 시간을 머물러야 여행이라고 할 수 있을까?

신칸센이나 비행기로 이동하면 거리는 충분할 텐데, 출장도 여행일까 하면 그렇지 않다. 출장이라는 단어에는 일상적인 느낌이 있고, 여행이라는 단어에는 탈일상적인 느낌이 있다. 이 두 가지는 서로 상반된다. 같은 여행이라도 당일치기 출장과 당일치기 여행은 다른 것이다. 기분에도 어감에도 격차가 있다.

가령 어릴 때 살던 동네에 오랜만에 갔을 때, 나는 그걸 당일치기 여행이라고 생각했다. 아주 먼 곳에 온 기분이었고, 아주 다른 시대에 발을 들여놓은 것만 같아 자신이

침입자이고 현재 그곳에 사는 사람들과는 다른 존재라고 느꼈다.

하지만 그 장소는 거리로 하면 상당히 가깝고(같은 세타가야구), 외출했던 시간도 기껏해야 4시간 정도다.

같은 도쿄 도내의 가쓰시카구 다테이시라는 곳에 갔을 때도 당일치기 여행이라고 생각했다. 그 동네에 오후 3시에서 4시쯤에 문을 열었다가 겨우 몇 시간 만에 문을 닫는 닭튀김 가게가 있다고 해서 찾아갔는데, 영화 〈남자는 괴로워〉의 무대로 유명한 가쓰시카구에 가는 것도 처음이었고, 게이세이선이라는 전철을 타는 것도 처음이었다. 낯선 동네의 낯선 가게에서, 대낮부터 맥주를 마시면서 바삭바삭한 닭튀김을 먹고 있으려니, 그곳에 있다는 게 신기했다. 가게를 나섰을 때도 아직 환했고, 거리 풍경도 달리는 버스의 색깔도 낯설었다. 버스를 앞문으로 타는지 뒷문으로 타는지, 요금은 타면서 내는지 내리면서 내는지 모르는 채, 기껏 왔으니 타 보자 싶어 타기도 했다.

이동 거리와 머문 시간과 상관없이, 그것은 틀림없는 여행이었다.

　당일치기 여행에 필요한 거리와 시간은 신축성이 자유로운 듯하다.

뉴욕에는 언제나 이른 아침에 도착한다. 공항에서 한 걸음 밖으로 나서서, 겨울이면 겨울의 싸늘한, 여름이면 여름의 눈부신 아침 공기를 들이쉴 때의 반가움은 각별하다. 택시를 타고 맨해튼으로 들어가 호텔에 짐을 맡겼는데도 오전 10시 전이다. 가게도 미술관도 문을 열지 않은 그 시간에 나는 늘 한 펍에 간다. 그곳은 열려 있기 때문이다. 계절에 관계없이 실내는 어두컴컴한데(하지만 맑은 날이면 창밖은 환하다), 벌써 단골손님이 몇 자리하고 있다. 야구 모자를 쓴 남자, 무늬도 색감도 화려한 원피스를 차려입은 여자 손님이 신문을 읽고 있거나 바텐더와 얘기를 나누고 있거나 아침 식사치고는 무거운 음식 – 커다란 햄버거나 감자튀김, 볼에 담긴 수프나 피시 앤 칩스 – 을 묵묵히 먹고 있다. 가게 안 몇 군데에 있는 텔레비전 화면은 언제 경기인지 모를 아이스하키와 축구를 보여 주고 있다. 나는 그곳에서 내가 끔찍이 좋아하는 맥주를 마신다. 한 잔이나 두 잔.

서울에는 대개 낮에 도착한다. 나는 우선 번화가에 있는 삼계탕 전문점에 간다. 패스트푸드 가게처럼 실내가 밝다. 이렇다 할 분위기가 없어 오히려 분위기가 느껴지고, 아아 서울에 왔네 하고 생각한다. 아주머니들이 일하고 있다. 그리고 이 가게의 삼계탕은 정말 온 세포에 쏙쏙 스미는 맛이다.

후쿠오카에 도착하는 시간은 그때그때 다른데, 몇 시에 도착하든 나는 우선 가로노우롱이라는 우동 가게에 간다. 문 안으로 한 걸음 들어서면 구수한 국물 냄새가 나고, 그 순간 나는 그 거리에 스민다. 벽 앞에 다시마를 쌓아 놓고 판다. 이 가게의 우동이 내게는 가장 이상적이다. 매번 우엉튀김우동으로 할까, 유부우동으로 할까 진지하게 고민한다.

뉴욕에도 서울에도 후쿠오카에도 좋아하는 가게가 여러 군데 있다. 하지만 여행지에서 가장 먼저 걸음하는 가게가 정해져 있다는 것은 안심되는 일이다. 그곳에 가면, 어라 또 여기 있네, 하고 느낀다. 가령 1년 만에 갔어도, 1년이라는 공백이 사라지면서 지난번 여행과 이번 여행이 이어진다. 돌아왔다기보다, 또 다른 내가 줄곧 여기 있다가 지금 다시 만나 원래대로 돌아간 듯한 아주 자유로운 느낌이다. 게다가 이번 여행은 지금 막 시작되었다.

처음 가는 가게에 있을 때의 푸근함은 무적이다.

아버지가 돌아가신 후 어머니가 외로워하는 것 같아,
나와 동생은 어머니에게 여행을 가자고 했다. 좋지, 좋아,
가자, 하고 어머니는 대답했지만, 그 다음이 정말 곤욕스
러웠다. 유럽에 가고 싶다고 하더니 이렇게 추운 시기에
굳이 유럽에 갈 필요는 없다고 하는가 하면, 가까운 나라

가 좋겠다고 해서 가까운 나라를 제안하면, 가까운 데로 간단히 끝내려는 거지, 하며 속상한 표정을 지었다. 더구나 70대가 된 어머니는 건강이 안 좋아서 지금은 어디도 가고 싶지 않다고 선언하는 비장의 카드도 있었던 탓에, 나와 동생은 어머니가 뭐라고 말할 때마다 일정을 변경하고 예약한 호텔과 비행기를 취소해야 했다.

그리고 1년이 지나서야 겨우겨우(드디어, 마침내, 정말) 여행이 실현되었다. 어머니가 코끼리를 타고 싶다고 해서 여행지를 푸껫으로 정했다. 그러나 이미 몸이 쇠약해져 난간을 잡거나 부축을 받지 않으면 계단을 오르내리는 것도 힘겨운 어머니가 과연 코끼리를 탈 수 있을지, 그보다 타도록 해도 될지 몰랐다. 그런데 실제로 가 보니, 어머니는 바다에서도 풀에서도 우리보다 훨씬 노련하게 수영하고, 코끼리도 나나 동생보다 훨씬 유유자적하게 올라탔다. 코끼리 등은 생각보다 높고, 털은 의외로 딱딱하고, 등에 고정된 나무 의자는 불안정하고, 흔들림도 심했는데, 나와 동생이나 얼굴을 찡그리고 비명을 질렀지 어머니는 싱글거렸다. 뿐만 아니라 말도 타고 싶다고 하더니, 정말 탔다.

첫날 밤, 몇 종류나 되는 현지 맥주를 전부(조금씩. 남은 맥주는 내가 처리해야 했다) 마셔 본 어머니는 다 너무 달다면서 "기린은 없어? 삿포로는? 아사히는?" 하고 일본말로 종업원을 다그처 그를 난감하게 했다(식사가 끝날 무렵에는 무슨 일인지, 완전 사이가 좋아졌다).

내내 조마조마 하고 속 터지는 여행이었지만, 코끼리는 물론 그

외에 어머니의 희망 사항을 일단은(일본산 맥주 외에) 이루어드려서 다행이라고 생각하며 귀국했다.

"그때 여행에서 가장 좋았던 게 뭔지 아니? 가는 비행기에서 본 후지산이었어."

훗날, 어머니가 그렇게 말했다고 동생에게 들었을 때 나는 어이가 없었다.

뭐? 정말 그렇게 말했어? 코끼리는? 말은? 바다는? 별이 총총한 하늘은?

어머니도 돌아가신 지금, 나와 동생에게 그 여행에서 가장 좋은 추억은, 그 여행에서 가장 좋았던 추억은 후지산이라고 했던 어머니다.

얼마 전에 〈사라시나 일기(헤이안 시대의 귀족이며 학자
인 스가와라노 미치자네가 9세기 후반에 쓴 회상록 _ 옮긴이)〉를
현대어로 번역했는데, 그때 헤이안 시대 사람들이 여행
하는 방식에 무척 놀랐다. 엄청나게 와일드.

　상류 계급 사람들이라 신하와 시종을 대거 거느리고 움

직이는데, 그 숫자가 너무 많다 보니 도중에 병이 들거나 출산을 하는 사람, 없어지는 사람도 있다. 그런데도 여행은 계속된다. 말을 탄 사람도 우차에 탄 사람도 걷는 사람도 모두 함께 앞으로 나아간다. 며칠을, 몇 주일을, 계속해서. 시종 중에는 목수도 있어서, 날이 어둑어둑해지면 간이 숙사를 짓는다. 현대로 치면 텐트 같은 것인데, 여행하는 내내 짓고 부수고를 반복하니 정말 대단하다. 그보다 대단한 경우는, 땅이 고르지 않다거나 소란스러운 고장이라는 이유로 간이 숙사를 지을 곳이 마땅치 않을 때, 알지도 못하는 사람 집에 불쑥 들이닥쳐 숙박을 청하는 것! 남루한 집밖에 없어서 참 난감하네요, 하면서 신하가 민가를 물색한다. 도둑의 집일지도 모르니 짐을 잘 챙기세요, 하기도 한다. 난데없이 들이닥쳐 숙박을 청하는데 실례되는 말이 아닐까 싶은데, 묵어가는 쪽도 불안이야 했을 것이다.

여행의 목적은 주로 참배지만, 실질적으로는 풍경을

감상하는 것이다. 좋은 경치를 바라보는 것에 대한 그들의 동경과 정열과 편애는 범상치 않다. 반대로 경치가 좋지 않으면 바로 식상해한다. 그 철저한 자세는 일상생활에서도 나타난다. 무엇보다 경치에 감동하는 탓에, 벚꽃이 졌다고 통곡하기도 한다. 찰나적인 사람들, 과도할 정도로 '지금'을 사는 사람들이다. 손님이 돌아갈 때도 잘우는데, 생각해 보면 그럴 만하다. 거리가 멀어지면 두 번다시 만날 수 없을지도 모르기 때문이다. 연락 수단도 없다. 편지는 있지만, 우편 시스템이 없으니 사람이 직접 가져가 전달해야 한다. 그런데다 길흉을 점쳐 방위를 바꾸는 풍습이 있어서 수시로 이사를 했던 것 같다. 그러니 행방불명도 연락 두절도 다반사였을 것이다.

그런데 집과 땅, 무덤에 집착하지 않았다는 점은 매우 흥미롭다. 계절처럼 돌고 도는 것이 기본이고 인생 자체가 여행이었던 사람들이다. 펑키하고 그루비하다. 그런 사람들이 조상이었다고 생각하면, 왠지 기쁘다.

라디오에 대해 생각하고 있다. 라디오가 지닌 압도적
인 '밀려 나오는 힘'에 대해서.

　1년 전에 인터넷 라디오를 샀다. 젊은 친구가 설치해 주
었는데, 스위치가 없는 대신 손으로 톡 치면 소리가 나온
다. 소리를 끄고 싶을 때도 그렇게 하면 된다.

해외 방송을 들을 수 있는 그 라디오는 나 같은 아날로 그 인간에게는 거의 알라딘의 마법 램프, 하늘을 나는 양탄자, 그림 동화에서 어부 아내의 소원을 들어주는 넙치.

공기가 밀려 나오니 그렇지 않을 수 없다. 북유럽 방송을 틀면, 방의 공기가 단박 북유럽처럼 달라지고, 미국 방송을 틀면 실내가 바로 미국이 된다. 재미있다. 어느 방송국을 선택하느냐에 따라 내 방이 중국으로, 스페인으로, 물론 일본 방송도 틀 수 있으니 쇼난으로 변한다. 이동하지 않았는데도 여행지에 있는 것 같다.

이는 라디오이기에 가능한 일이다. 가령 텔레비전으로 여행 프로그램을 본들, 화면에 북유럽이나 미국, 또는 중국의 거리 풍경과 자연과 사람들이 비친들, 텔레비전이 있는 방이 그 나라가 된 듯한 기분은 들지 않는다. 외국의 공기는 네모난 화면 속에, 브라운관 저편 어느 먼 곳에 있을 뿐 이쪽으로 밀려오지 않는다.

소리는 한없이 자유롭다. 눈에 보이지 않지만 온 방에

떠다닌다. 사방을 채운다.

24시간 쉬지 않고 뉴스를 송출하는 뉴욕 방송을 가장 즐겨 듣는다. 처음에는 그 방송을 들으면 영어 실력이 조금은 늘지 않을까 하는 소박한 기대도 있었지만, 광고의 프리 다이얼 번호와 '텐텐 윈즈(TEN TEN WINS)'라고 노래하는 듯한 발음으로 되풀이되는 방송국 이름이나 기억했지, 조금도 도움이 되지 않았다. 그래도 재미있다.

생방송이라서 당연히 시차가 있는데, 저녁때 들으면

밀려 나오는 힘

아나운서가 "굿 모닝"이라고 한다. 그곳은 이른 아침인 것이다. 그리고 그 시차가 도리어 현실감을 높인다. 이 목소리는 정말 '지금'의 목소리이다. 이른 아침 그곳에 있는 사람들이 듣는 프로그램을 저녁때 여기 있는 나도 '지금' 듣고 있다는 현실감이다. 일기 예보, 교통 정보, 광고, 등장하는 아나운서의 목소리가 바뀔 때마다 반복되는 "굿 모닝". 자신이 아침 햇살로 환한 부엌에 있고, 거기에 커피 향마저 풍기는 듯한 착각이 든다. 이는 움직이지 않으면서 여행, 〈도라에몽〉에 등장하는 '어디로든 문'이 아닐까.

이십 대 때, 혼자 여행하는 사람을 동경해 몇 번 혼자서 여행한 적이 있다. 하지만 오기가 없고 불안해서 레스토랑에도 들어가지 못했다. 식사는 델리(델리카트슨)나 카페에서 간단히 때로는 슈퍼마켓에서 산 것으로 대충 때웠다. 빵과 햄, 과일과 토마토 같은 것으로.

최근에는 혼자 여행하지 않는다. 일 관련한 여행이 대부분이라, 집을 나설 때는 혼자여도 역이나 공항, 호텔에서 가이드가 기다리고 있다. 그리고 식사 때마다 맛있는 가게에 데려가 준다. 요즘은 현지에서 혼자 지내야 하는 날이 있어도 옛날만큼 불안하지 않아, 레스토랑에도 바에도 들어갈 수 있다. "음, 그렇지, 좋아, 어른이 된 거야." 하고서 기뻐하고 싶은데, 기묘한 역전 현상이 생겼다는 것을 깨달았다. 이번에는 델리와 카페에 들어가기가 거북해진 것이다.

우선은 어떻게 음식을 사야 하는지 모른다. 셀프 서비스인지, 점원이 주문을 받으러 오는지. 어느 타이밍에 돈을 지불하면 되는지. 아사이는 뭐고 키누아는 뭔지, 또 골드 프레스 주스는 뭔지. 톨과 그란데는 어느 쪽이 더 큰 것인지, 에너지 드링크과 파워 드링크는 어떻게 다른지.

또 물과 셀프 커피 머신이 있는 경우, 그 기계의 조작 방법은 어렵기가 언제나 나의 예상을 뛰어넘었다.

비단 여행지에서만 그런 게 아니다. 알고 보면 나는 일상생활에서도 어떤 유의 가게 - 너무 밝거나 과도하게 건강을 지향하거나 새로운 기계가 많고, 주문하는 방법이 복잡한 - 를 두려워하게 되었다. 어쩔 바를 모른다. 그런 장소에서 노련한 것처럼 행동하기가 부끄럽다(물론 익숙하지 않아 노련할 수 없으니 그런 걱정은 백 년 뒤에나 해야 하겠지만, 나는 앞으로 백 년은 살지 못한다).

게다가 크기와 양의 문제도 있다. 그런 가게의 음료와 음식은 대체로 너무 크고 양이 많다. 크림과 과일이 넘쳐흐를 듯 쌓인 아름다운 팬케이크가 눈앞에 놓이면, 나는 몹시 부끄러워진다(그러나 왜일까, 한 손에 들 수 없을 정도로 커다랗고 무거운 맥주 조끼가 앞에 놓일 때는 조금도 기죽지 않는다).

옛날 같으면 새로워 보이는 델리나 카페에 안심하고 들어갔을 것이다. 그리고 유서 깊은 레스토랑이나 바에는 긴장한 나머지 들어가지 못했을 텐데. 언제 역전되었는지, 수수께끼다.

작년에 가고시마에서 만난 한 여성이, 다른 고장에 가면 묘소가 너무 소박해서 놀라곤 한다는 말을 했다. 옆에 있던 여성도 정말 그렇더라 하고 고개를 끄덕이면서 동의했다. 그리고 가고시마의 묘소는 언제 가 봐도 색이 폭발한 것처럼 화려하다고 가르쳐 주었다. 누구든 묘소에 꽃이 끊이지 않게 한다는 것이다. 게다가 다른 묘소의 꽃보다 멋지고 아름다운 꽃으로 장식해야 한다는 선대의 가르침이 있어, 결국은 화려함을 겨루게 되는 듯하다.

묘소에 꽃을 바치는 역할은 대개 맏며느리가 맡는다. 그 사람은 여행도 마음대로 할 수 없다는 말을 듣고는 놀랍고 존경스럽고 무서워 마음이 어지러웠지만, 아무튼 꽃이 넘칠 듯 흐드러지게 핀 묘소를 보고 싶다는 생각이

들었다.

꽃향기가 그윽하리라. 꿀을 찾아 나비가 날아들지 않을까. 꿀벌도. 그 장소에는 벌이 붕붕 나는 소리가 한가로이 울리리라. 가고시마의 햇살은 따가우니, 빨강 노랑 분홍 오렌지 같은 밝은색이 돋보이리라. 하지만 개중에는 하얀 꽃만 바치는 사람도, 파랑이나 보라색 꽃만 고르는 사람도 있을 테니, 그 색감 또한 싸늘하고 아름다우리라.

그러고 보니 아주 오래전 일인데 부에노스아이레스에 갔을 때, 나는 묘지가 마음에 들어 몇 번이나 산책하러 갔다. 〈에비타〉로 유명한 에바 페론의 무덤도 있는 그 묘지는 부에노스아이레스의 북동쪽에 조용히 자리하고 있는데, 밝고 개방적인 분위기라 산책하기에 안성맞춤이었다. 아이들이 숨바꼭질을 하는가 하면 묘비에 앉아 책을 읽기도 했다. 길고양이도 여기저기서 편히 쉬고 있었다. 그 묘지에 있는 묘소는 묘소라기보다 건축물에 가까웠다. 문도 있고, 창문도 있고, 창문으로 안을 들여다보면 작은 방이 있고, 관 옆에는 의자가 놓여 있기도 했다. 죽은 자를 만나러 온 사람이 거기에 앉아 여유롭게 시간을 보낼 수 있도록. 죽은 자의 동상이 서 있기도 한데, 그 동상이 개를 데리고 있다(개를 사랑했던 사람일 것이다). 작은 방에 피아노가 놓여 있는 곳도 있다. 산책하면서 그런 것들을 들여다보면, 거기 잠든 사람들이 어떻게 살았을지 어름어름 떠오른다.

그때 묘소가 죽은 자의 집이라는 것을 실감했다. 가고시마의 묘소에 잠든 사람들은 집 안에서 풍성하고 화려하게 핀 꽃의 기운을 느끼고 흐뭇하게 미소 짓고 있으리라.

커피 조이라는 이름의 과자가 있다. 나는 이름 그대로 커피 맛 - 그리고 커피에 무척 잘 어울린다 - 이 나는 그 얇은 비스킷을 좋아해서 늘 몇 박스는 쟁여 놓는다. 박스에 커피가 담긴 잔과 비스킷과 커피 원두 사진이 인쇄되어 있다. 표면에 설탕을 뿌린 그 갈색 과자는 정말 얇아서

깨물면 – 앞니 사이에 끼면 – 살얼음을 밟았을 때처럼 사사삭 깨진다. 인도네시아에서 만든 과자라서, 나는 이 과자를 먹을 때면 인도네시아라는 나라를 상상한다.

Coffee Joy라고 커다랗게 인쇄된 글자 밑에 Ko-phi-choi라는 조그만 글자도 있는 것으로 보아, 인도네시아에서는 그렇게 발음하지 않을까 싶다.

더운 나라일 듯하다. 바다가 있고, 사원이 있다. 잎이 두터운 식물이 왕성하게 자란다. 코코넛 열매도 있으리라. 하지만 도시 중심은 번화해서 차도 많고 사람도 많다. 오토바이와 자전거도 많다. 코끼리도 걸어 다닌다(정말?). 과일과 아이스캔디와 꼬치구이를 파는 노점이 줄지어 있다. 그 나라의 소녀들은 모두 수줍음을 많이 타고, 소년들은 모두 날래다.

사실이 어떤지는 차치하고 그런 상상을 하면서 그 과자를 먹는데, 바로 얼마 전 과자 박스에 그림이 그려져 있다는 걸 발견했다. 커피와 비스킷과 원두 사진이 두드러져, 그 배경에 부옇게 그려진 풍경을 알아보지 못한 것이다. 유럽의 거리 풍경과 다리, 곤돌라에 탄 남녀. 그 옆에 Italian Moment라는 손 글씨체가 비스듬히 기대어 있다. 나는 놀란 나머지 "이탈리안 모먼트!" 하고 소리를 지르고 말았다. 그리고 생각했다. 일본의 슈퍼마켓에서 이 과자를 산 나는 인도네시아를 상상하면서 먹었는데, 인도네시아 사람들은 이탈리아를 상상하면서 먹는다는 말이지!

곤돌라가 있으니, 베니스일 것이다. 베니스에는 가본 적이 없는데, 〈여정Summer Time〉이라는 영화에 등장하는 그곳은 색감이 부드럽고 아름다운 도시였다. 〈베니스에서의 죽음〉에서는 밤의 수면이 요염했다. 곤돌라의 사공은 정말 모두 노래를 부를까. 줄무늬 셔츠를 입고?

인도네시아를 상상하면서 이탈리아도 상상하고 있으니, 그야말로 분주한 커피 타임이다.

긴 여행 중의 어느 하루라면 몰라도 짧은 여행의 경우,
비는 기본적으로 반길 수 없다. 우산을 쓰고 다니기가 거
추장스럽고, 신발은 젖어 상하고, 풍경은 번져서 멀리까지
보이지 않고, 지하철은 습기가 차서 불쾌한 냄새가 난다.

하지만 예외가 있다. 온천 여행일 때다. 노천탕에 몸을

담그고 내리는 비를 바라보는 기분은 최고다. 밖은 비, 그러나 온천물은 따끈하다. 빨래 걱정도 없고, 저녁거리를 사러 나갈 필요도 없다. 눈앞에 펼쳐진 산속 나무들은 젖어 좋은 냄새를 풍기고, 이파리들은 선명한 초록이다. 극락. 비 내리는 날의 온천물은 화창한 날보다 부드럽고, 피부에 촉촉하게 스미는 느낌이다. 노천탕 전체의 부연 공기도 마음을 차분하게 가라앉혀 준다. 게다가 낚시나 골프를 즐기러 온 사람과 달리, 나는 온천을 하고 식사하는 외에는 책을 읽고 마사지를 받는 것밖에 할 일이 없다. 어느 쪽이든 비가 와도 상관없는 정도가 아니라, 빗소리가 좋은 배경 음악이 된다.

하코네에 좋아하는 온천 여관이 있다. 남편과 함께 간간이 가는데, 작년에 그곳에서 태풍을 만났다. 기분 좋을 정도로 시원하게 쏟아지는 폭우, 바라만 보아도 안구는 물론 내장까지 씻기는 듯했다. 휭휭 불어대는 바람에 나무들이 휘청휘청 흔들리고, 때로 번개가 쳤다. 하지만 우리는 안전! 방에서 한 걸음도 나갈 필요가 없다. 나는 온천을 드나들면서 그 폭우를 즐겼다.

　다음 날 아침, 체크아웃할 시간이 되었는데도 비는 그치지 않았다. 나와 남편은 버스 정거장에 서서 하코네 유모토까지 가는, 늘 타는 버스를 기다렸다. 도로가 거의 강이었다. 우산을 때리는 빗소리가 너무 요란해서, 고함을 지르지 않고는 서로의 목소리조차 들리지 않았다. 우산을 쓰고 있어도 푹 젖어, 남편은 우산을 접어 버렸다. 기다려도 기다려도 버스는 오지 않았다. 도로에 흐르는 물은 내 발목까지 올라왔다. 사람은 그림자도 보이지 않아서, 우리가 지구에 남은 두 사람인 듯한 기분이었다. 어쩔 수 없어 여관으로 돌아가자, 여관 사람이 수건을 건네주었다. 그제야 버스도 전철도 끊겼다는 것을 알았다. 도로의 물이 빠질 때까지 택시도 산길을 올라올 수 없었다. 그런데도 나는 왠지 유쾌했다. 비, 더 쏟아져! 하고 생각했다. 남편도 나도 다음 날 일이 있었고, 사전 예약 없이 더 묵을 수도 없어 어떻게 하면 좋을지 전혀 알 수 없었지만, 그래도 유쾌했다. 비, 더 쏟아져! 불안한 표정을 짓고 있는 남편 옆에서, 나는 그렇게 생각했다.

나
가
사
키
의
밤

　몇 년 전 나가사키에서, 카페와 선술집을 겸한 조그만
가게에 우연히 들어갔다. 대담과 회식을 마치고, 호텔로
돌아가기 전에 도쿄에서부터 동행한 편집자와 둘이 한 잔
마시려고 가게로 들어서자 세 젊은이가 있었다. 처음에
는 둘인 줄 알았는데, 한 사람은 취해 널마루에 널브러져

자고 있었던 것이다.

"혹시, 저, 기억하세요?"

한 젊은이가 직립 부동의 자세로 주인아저씨에게 물었다.

"그야 기억하지. 자네로군."

잠시 후, 주인아저씨가 대답했다.

어째 감동적인 재회의 장면에 불쑥 침입한 느낌이었다.

"괜찮을까요?"

조심조심 그렇게 묻고는 카운터 자리에 앉았다.

"이 청년들, 동네 아이들이었습니다."

주인아저씨가 설명해 주었다. 주인아저씨는 오래전부터 동네 아이들에게 인사를 장려했다고 한다. 가게 앞을 지나는 아이들 모두에게 인사를 하게 했고, 아저씨 역시 "동아리 활동 열심히 해." 하거나 "서둘러, 지각하겠다." 하고 말을 건넸다고 한다.

"그중에서도 이 녀석이 정말 인사를 잘했습니다. 요만

할 때부터 매일 이 앞을 지날 때마다, 우렁차게 말이죠."

아저씨는 흐뭇한 말투로 그렇게 말하고는 미소 지었다.

감동적인 장면에 익숙하지 않은 나는 당황해서, 갑자기 친척 아주머니라도 된 것처럼 말했다.

"어머나, 그렇게 어리던 아이가 이렇게 훌륭하게 성장했군요."

당시의 추억담이 줄줄이 이어졌다. 자고 있던 젊은이까지 깨어나 합세하면서 세 젊은이 중 둘이 형제라는 것, 나머지 한 젊은이는 스물한 살 나이에 아빠가 될 거라는 사실 등이 밝혀졌다. 나는 "어머, 그렇군요."를 연발하면서, 다 같이 몇 잔이나 건배를 했다. 나와 편집자와 젊은이 셋 외에는 손님이 없었다. 그러다 주인아저씨가 기타를 켜며 노래를 부르기 시작했다. 목소리도 좋고, 노래 솜씨도 대단했다. 과연 나가사키라고 해야 할까, 첫 곡도 두 번째 곡도, 세 번째, 네 번째 곡도(이하 생략) 사다 마사시(나가사키에서 태어난 가수, 소설가 _ 옮긴이). 익숙한 멜로디에

친척 아주머니도 그만 흥얼흥얼, 사태는 점점 더 혼미해
졌다.

"언제 이렇게 컸단 말이야."

"아빠가 된다니."

"어머나, 어머나."

밤은 점차 깊어 가고, 뭘 축하하고 있는지 뭐에 건배하
고 있는지 모를 지경이 되고 말았다.

가게를 떠나는 우리를 세 젊은이와 가게 아저씨가 일부
러 문 앞까지 나와 배웅해 주었다(인사 장려의 성과인가).

한 번밖에 만나지 못했지만, 그 사람들 지금은 어떻게
지낼까 하고 때로 생각한다. 먼 친척 아주머니처럼.

지난주에 홋카이도의 데우리섬에 다녀왔다. 3시간이면 걸어서 섬 주위를 한 바퀴 빙 돌 수 있을 정도로 작은 섬이다. 그 섬에 여름에만 날아오는 철새를 보기 위해 떠난 여행이었는데, 새끼를 위해 물고기를 물고 돌아오는 흰수염바다오리 떼와, 수면에서 날아오를 때 종종 달리는(정말 두 발로 물 위를 달린다) 흰눈썹바다오리의 청초하고 앙증맞은 모습과 다부진 생활상을 엿볼 수 있었다. 딱 한 마리였지만 바다표범도 보았는데, 마치 물속에 어린아이가 오도카니 서 있는 듯한 모습이 인상적이었다. 그 밖에도 눈이 휘둥그레지는 광경이 여러 가지 있었다. 예를 들면 식물. 야생에서 자유롭게 자라 머위도 엉겅퀴도 클로버도 어마어마하게 컸다. 일상을 벗어난 감각이 풍성했던 여행이었다. 그런데, 도중에 내 이가 하나 빠졌다. 오른쪽 아래 어금니였다. 사전에 아무런 증상이 없었는데, 마치 알사탕처럼 입 안에서 또르르 굴러 나왔다.

나는 여행지에서 곧잘 이가 빠진다. 왜 그런지 모르겠다.

이십 대 때는 영국의 어느 시골 마을에서 갑자기 이가 빠졌다. 눈 내리는 날이었고, 텔레비전의 여행 프로그램 일을 하는 중이었는데 하필 앞니가 빠져 난감했다. 앞니가 없는 얼굴로는 말을 할 수도 웃을 수도 없다. 급거 촬영은 중단되었고, 촬영용 버스를 타고 호텔로 돌아간 나는 치과로 달려갔다.

"어떻게 오셨어요?"

그렇게 묻는 여의사에게 설명하려다 불쑥 '이'라는 영어의 단수형이 tooth인지 teeth인지 생각나지 않아 입을 꾹 다물고 있었던 기억이 있다. 결국 빠진 이를 꼭 쥐고 있던 손을 벌리고 "이거 제자리에 돌려놓을 수 있을까요?"하고 말했는데, 그때 여의사의 어이없어하는 표정과 그럼에도 멋지게 응급조치를 해 주었던 솜씨는 잊지 못한다.

무더운 여름날의 야마가타에서도 이가 빠진 적이 있다. 남편의 부모님과 한창 식사를 하는 중이어서, 걱정 끼치면 안 된다는 생각에 "괜찮아요. 저, 여행 중에 이가 잘 빠져요." 하고 말했는데, 고개 숙이고 잠자코 있어야 했는지도 모르겠다. 그때 빠진 것도 앞니였으니까.

어린 시절에 빠진 유치는 다르지만, 어른이 된 후로 이가 집에서 빠진 적은 단 한 번도 없다. 늘 여행지에서 이가 빠진다. 이다음에는 어디서 빠질까 하는 얼빠진 기대는 물론 안 하지만, 언제 어디서 빠져도 절대 당황하지 않고, 소란 떨지 않고, 이 따위는 백 개라도 있는 것처럼 대처하자고 결의를 다지고 있다.

옛날에 고전 수업 시간에 읽은 문장 중에 이런 글귀가 있었다.

말린 밥에 눈물 떨어져 붇고 말았네.

말린 밥은 한자로 쓰면 건반乾飯. 건반은, 여행길에 휴대

했다고 사전에 쓰여 있다. 수업에서 읽은 문장은 이런 장면이었다.

여행길에 오른 남자 주인공이 외로움에 눈물을 흘린다. 도시락을 펼친 참에(아니, 어쩌면 펼친 도시락을 보고서 갑자기 고향과 가족이 그리워졌는지도 모르겠다), 말린 밥 위에 눈물이 뚝뚝 떨어진다. 그러자 말린 밥이 그냥 밥으로 돌아갔다.

고등학교 교실에서 이 문장을 읽었을 때, 나는 놀라고 말았다. 말린 밥이 그냥 밥으로 돌아갈 만큼의 눈물이라니, 이 사람 얼마나 운 것일까 하고 생각했다. 동시에 정말 애처롭다고도 생각했다. 그래서 무척 인상에 남아 있다.

나는 말린 밥을 한 번도 먹어 본 적이 없지만, 지금도 간혹 이 문장의 힘을 생각하곤 한다. 주로 대기실에서 도시락을 먹을 때다.

지방에 강연을 하러 가면 강연자용 대기실이 주어진다. 시민 센터와 문화 회관의 대기실은 어디나 비슷해서,

반드시 숫자가 커다란 시계와 거울이 있다. 테이블과 철제 의자가 있고, 전기 주전자와 찻잔과 자잘한 과자도 준비되어 있다. 찻잔은 남색 바탕에 하얀 물방울무늬거나 하얀 바탕에 옅은 색감의 꽃무늬가 그려져 있고, 모양은 대개 동그랗다. 그런 대기실에 도시락이 놓여 있다. 딱히 배가 고픈 것도 아니지만, 기다리는 동안 달리 할 일이 없으니 도시락을 먹게 된다. 강연 전에 대기실에서 혼자 먹는 도시락(도시락에 담긴 내용물에 상관없이)은 뭐

라 말할 수 없이 서글프다. 희뿌연 형광등 빛 탓인지도 모른다. 낯선 곳에 있다는 실감이 피부로 느껴진다.

왠지 외로워서 "이게 뭐지, 아, 닭고기구나." 하거나 "산나물이네, 봄은 봄인가 봐." 하고 소리 내어 중얼거리는데, 그런 자기 목소리를 듣고는 더더욱 고독해진다.

그런 때 언제나 이 문장을 떠올리고는, 이번에는 소리 나지 않게 조심해야지 하면서 속으로 중얼거린다.

말린 밥에 눈물 떨어져 불고 말았네.

하고 주문처럼. 그러면 왠지 유머러스한 기분이 들면서 외로움이 아니라 자유로움을 느낀다. 외로움과 자유로움이 비록 같은 것이더라도.

말린 밥

오슬로에 갔을 때가 아마 한 10년 전쯤일 것이다. 여행하는 도중에 출판사에 들렀다. 안내해 준 아릴드라는 남자 편집자가, 일본 작가 중에서는 모모 씨와 모모 씨의 책을 출간했는데 가장 잘 팔리는 책은 뭐니 뭐니 해도 스도쿠라고 말했다. 그런 이름의 작가도, 그런 제목의 책도 몰랐던 나는 누구요? 무슨 책?이라고 몇 번이나 물었다. 내가 스도쿠를 몰라 아릴드는 정말 놀란 듯했다. 전 세계에서 널리 팔리다 보니, 일본 사람들은 누구나 스도쿠에 빠져 있는 줄 알았다고 하면서 책장으로 다가가 실물 한 권을 꺼내 보여 주었다.

그것은 퍼즐 책이었다. 크로스워드와 비슷한데 네모 칸 안에 글자가 아니라 숫자가 들어 있었다. 혼자 하는 숫자 놀이라는 걸 지금은 나도 안다. 그러나 그때는 몰랐기 때문에 별거 없어 보이는 퍼즐 책이 모모 씨와 모모 씨(아주 유명한 작가의 이름이었다)보다 팔린다는 사실에 경악했다.

그 후로 한참이 지나, 홋카이도였나 규슈였나, 아무튼 비행기를 타고 어딘가로 갈 때 좌석 앞에 꽂힌 잡지에 그 퍼즐이 한 문제 실려 있었다. 스도쿠다! 하고서 해 보자고 달려들었다. 애당초 퍼즐에는 관심도 없는 데다 수학은 커녕 더하기 빼기도 잘 못하는데.

정신없이 꽂히고 말았다. 그 한 문제를 어언 다 풀었을

무렵, 비행기는 거의 착륙 직전이었다. 그러니까 나는 시간을 잊고 몰두했던 것이다. 게다가 묘한 성취감도 있었다. 어질러 놓았던 방 안을 구석구석 말끔하게 정리한(그게 가능했던 적은 없지만) 듯한 성취감이다. 조촐하지만 무척 기분이 좋아, 그 후로 스도쿠에 흠뻑 빠져들고 말았다.

벌써 몇 권이나 풀었는지 모른다. 처음에는 여행지에서만 했는데, 그러다 집에서도 하게 되었다.

시간을 잊는다는 것은 위험한 일이다. 비행기나 기차를 기다릴 때 같은, 어디에도 속하지 않은 시간이 단박에 출현한다. 마치 한 가지 일을 마무리 지은 듯한, 묘하지만 기분 좋은 성취감도.

그리고 어떻게 되었느냐 하면⋯⋯.

내가 메워야 할 네모 칸은 다른 것인데, 그 네모 칸에는 정답이 없어 괴로운 나머지 깊은 밤의 작업실에서 정답이 있는 쪽 네모 칸을 숫자로 메우고 있다.

4년 전, 나와 여동생은 케냐에 갈 예정이었다. 친구가 주관하는 개인 투어 프로그램이 있었던 것이다. 그 얘기를 듣고, 몇 년 동안이나 꿈에 그리던 여행 - 물을 끼얹는 하마를 보고, 얼룩말 떼와 하늘을 빼곡하게 메울 듯한 핑크 플라밍고를 보고, 샤워가 있는 텐트에서 자는 - 을 드디어 가기로 한 것이다. 망원경과 액상 방충제를 준비하고, 필요한 예방 주사도 맞아 노란색 증명서도 받았다.

그런데, 그런데, 출발 전날 여행이 중지되었다. 케냐 공항에서 대규모 화재가 발생해 공항이 전면 봉쇄되었기 때문이다. 깜짝 놀랐다. 내일이면 출발인데. 어쩔 수 없다고 생각하는 한편 아쉬웠다. 언니와 달리 착실하게 회사에 다니는 동생은 그렇게 긴 휴가를 쉬이 낼 수 없다. 그때는 근속 몇십 년 어쩌고 해서 특별히 긴 휴가를 낼 수 있었다. 나는 이렇게 된 이상, 대신 어디든 가야 한다고 생각했다.

요행히 로마행 비행기 표를 살 수 있었다. 정말 불쑥 케냐가 아니라 로마로 떠났다.

8월의 로마는 바캉스 시즌, 거의 휴면 상태에 가까웠다. 문 닫은 가게가 많아 쇼핑과 먹는 즐거움을 누리기 어렵다는 것은 알았지만, 그래도 거리는 여전히 아름다웠다. 우리는 그런 거리를 타박타박 걸어 다녔다. 느릿하게 흐르는 테베레강에 햇살이 반사되어 눈이 부셨다.

매일 걷기만 하다가, 어느 날 ZOO라고 쓰인 안내판을 발견했다. '조'라고 발음한다는 것은 알 리 없으니, "주야, 주가 있나 봐." 하면서 흥분한 우리는 안내판이 가리키는 대로 도시 어귀에 있는 커다란 공원에 들어섰다. '조'는 산 위에 있었다. 그늘이라고는 거의 없는 길을 하염없이 올라갔다. 볕에 익은 데다, 아무튼 더웠다. 끈기가 없는 나는 도중에 돌아가고 싶었다. 그러나 의지가 강한 동생이

용납할 리 없었다. 간신히 정상에 도착했을 때, 나는 거의 숨이 끊어질 지경이었다.

동물원에 들어가자 동생은 순로 따위는 싹 무시하고 '아프리카 에어리아'로 향했다. 그 에어리아가 또 입구에서 한참 멀어 나는 실신 일보 직전이었는데, 그곳에 얼룩말이 있었다. 하마도. 사자도. 아마도 아프리카를 본 적 없을, 로마에 사는 아프리카의 동물들.

해가 저물어 갔다. 우리는 오랜 시간 거기에 머물렀다. 둘 다 타조가 마음에 들어, 타조 사진을 몇 장이나 찍었다.

처음 외국 같은 장소에 간 것은 초등학교 3학년이나 4
학년 때였다. 데리고 간 사람은 아버지, 장소는 신주쿠였
다. 당시 다카노 빌딩의 몇 층인가에 '월드 레스토랑'이라
는 음식점이 있어, 다양한 나라의 음식을 먹을 수 있었다.
한 층을 통째로 사용해서 넓고 전면이 유리라 환한 공간

에 군데군데 카운터와 부스가 있고, 각 나라답게 장식되어 있었다. 요즘 말로 하면 푸드 코트인데, 그런 말이 없었던 당시, 나는 그 광경에 경악했다. 인도 요리 부스에는 인도인 요리사가 있고, 이탈리아 부스에는 이탈리아인 요리사가 있었다. 나는 일본 사람들과 전혀 다른 그들의 풍채에 우선 얼이 빠졌고, 그들이 말하는 유창한 일본말이 일본말인데 다른 나라의 신기한 음악 같은 울림을 지닌 것에 또 놀랐다.

아버지에게 들어가고 싶은 가게를 골라도 된다는 말을 들었을 때, 머리도 마음도 산산이 흩어질 만큼이나 고민했던 기억이 있다. 마음을 정하지 못한 채, 아버지와 손잡고 한 바퀴 빙 돌았다. 어느 부스에서도 그때껏 맡아 본 적 없는 냄새가 넘쳐흘렀다. 그날, 내가 가장 감명받았던 것은 그 냄새였다고 생각한다. 아이가 좋아하는 냄새만은 아니었다. 스파이스라는 단어도 허브라는 단어도 몰랐다. 양고기도 매운 음식도 먹어 본 적이 없고, 그 많은 나라가 어디 있는지도 모르는 채 맡았던 그 복잡하고 독특하고 압도적인 냄새.

외국의 냄새!

외국에는 가 본 적도 없으면서, 그렇게 생각했다.

그날, 이탈리아와 인도를 오가며 크게 만족한 나는(어느 쪽도 당시로서는 상당히 본격적인 요리를 맛보여 주었다. 피자를 굽는 가마가 있었고, 난도 그 가마에서 구웠다. 난이라니, 나는 그런 것을 본 적도 그런 말을 들어 본 적도 없었다. 이탈리아 요리사가 피자 도우를 얇게 펴서 공중에 휙 날리는 광경은 마치 곡예 같았다) 월드 레스토랑에 완전히 흥분하고 말았다.

그래서 훗날, 월드 레스토랑에 또 가고 싶다고 말해 봤지만, 아버지는 미간을 찡그리고 뭘 조르는 것은 바르지 못한 행실이라고 했다. 자존감이 있으면 사람에게 뭘 조르지 않는 법이라고 호되게 꾸지람을 들어 풀이 죽은 나는, 월드 레스토랑이라는 말을 두 번 다시 할 수 없게 되었다.

그럼에도 그날의 일은 내게 찬란하리만큼 눈부신 외국(같은 것)의 추억이 되었다.

프랑크푸르트의 거리에는 한 번도 간 적이 없다. 하지만 프랑크푸르트 공항에는 비행기를 바꿔 타기 위해 경유할 때 여러 번 갔다. 가 본 적 있는 공항 가운데 나는 프랑크푸르트 공항을 가장 좋아한다. 넓고, 쾌적하고, 카페도 가게도 많아 즐겁다. 구조도 표지판도 기능적이라 미아가 되기 어렵다는 점도 좋다. 어쩌면 나는 경유하기 위한 시간 자체를 좋아하는 것이리라. 그 장소는 출발지도 아니고 목적지도 아니다. 시간은 출발 후도 도착 전도 아니다. 그 중간 어딘가에 홀연히 나타난 시공간, 게다가 외국. 경유하는 공항에 있을 때면, 나는 자신을 그곳에 분명히 있지만 없는 존재로 느낀다. 사랑방이나 광에 숨어 사는 요괴 같은. 그리고 어디든 갈 수 있다고 느낀다. 그럴 마음만 있으면 목적지가 아닌 장소로도 갈 수 있다고.

　지난번에 프랑크푸르트 공항을 경유했을 때는, 신문 판매대에서 파는 엽서를 보고 한눈에 반해 사고 말았다. 화창한 야외에서, 술살이 올라 멋들어질 만큼 배가 불룩한 남자 넷이 웃통을 벗은 채 한 줄로 서서 병맥주를 벌컥벌컥 들이켜는 사진엽서였다. 사자마자 바로 여동생에게 엽서를 썼다. 지금 프랑크푸르트에 있다고, 마치 프랑크푸르트에 머물고 있는 것처럼.

　그전에는 항공 회사의 대규모 스트라이크 때여서 어수

선했지만, 나름으로 공항을 만끽할 수 있었고 재미도 있었다.

프랑크푸르트 공항에는 추억이 참 많다. 오랜 옛날, 어느 여성과 정말 슬프게 헤어진 곳도 그 공항이었고, 어느 남자와 누가 맥주 값을 내느냐로(조금도 슬프지 않다, 그러나 섹시하지도 않다) 티격태격했던 곳도 그 공항이다. 액세서리 가게인줄 알고 성 상품 가게에 들어가, 아무것도 모르는 채 점원에게 반짝거리는 상품을 케이스에서 꺼내 달라고 하기도 하고, 뭐라고 묻기도 하고. 떠올리기조차 부끄러운 경험을 한 곳도 그 공항이다(아무것도 사지 않았어요).

그리고 공항 안에 있는 하먼즈라는 이름의 핫도그 가게 로고가 마음에 들어(강아지가 긴 소시지를 물고 뛰어가는 그림), 그 가게의 종이 냅킨은 지금도 작업 책상 앞 벽에 붙어 있다.

경유는 여행 이상으로 여행스럽다.

테네시주 내슈빌에 갔을 때 일이다. 파머스 마켓 안에 아이스크림 가게가 있었다. 토로네, 버번 솔티드 피칸, 스위트콘 스푼 브레드, 와일드베리 라벤더 등등, 경험해 본 적 없는 맛이 가득해서 아이스크림을 좋아하는 나는 가슴이 콩콩 뛰었다.

그래서 이렇
게 말해 보았다.

"이런 아이스
크림은 처음 보
네요."

하지만 영어
실력이 부족했
다. 커다란 안경
을 끼고, 젊고 귀여운(아마 아르바이트하는 학생이었지 싶다)
점원이 대답했다.

"한 번도 본 적이 없다고요? 당신, 어디서 왔어요? 아이
스크림이란 건, 크림이고, 달고, 아주 차가운 거예요."

그녀의 말투에나 표정에나 진지한 놀람과 성실한 친절
이 담겨 있었다.

"아니, 아니요. 내 말은 다양한 맛이 있다는 뜻이에요.
아이스크림은 물론 알고 있어요."

서둘러 정정했지만, 그녀의 나에 대한 평가 – 아이스크림을 신기해할 만큼 멀고 다른 문화권에서 온 여자 – 는 달라지지 않았다.

"괜찮아요."

나도 옆에서 "물론 나도 괜찮아요." 하고 작은 소리로 중얼거렸지만, 그녀는 이제 됐는데 싶을 정도로 갖가지 아이스크림을 맛보여 주었다. 그러면서 자기 얘기를 풀어놓았다. 테네시주에서 태어나 테네시주에서 자랐고, 다른 주에는 거의 가 본 적이 없다. 그래도 딱 한 번 뉴욕에 간 적이 있는데, 뉴욕은 이곳과 모든 게 달랐다. 사람도 가게도 많고, 복잡하고 자극적이고 놀랄 일이 가득했다. 그때 기억을 떠올리기만 해도 흥분된다는 식으로 그녀는 눈까지 반짝거리며 내게 설명했다. 하지만 뉴욕에 있는 내내 고독했다. 자신이 오지 말아야 할 곳에 온 듯한 기분이었고 불안했다. 그래서 나는 태어나고 자란 장소를 떠난다는 게 얼마나 불안하고 힘든 일인지 잘 안다.

그러니까 그녀는 나를 위로해 주려던 것이었다. 자기 엄마보다 나이 차가 많을, 게다가 아이스크림도 제대로 모르는(듯한) 동양인 여자를.

나는 아무 말도 할 수 없었다. 거짓말을 한 것은 아니지만, 마치 거짓말을 한 듯한 기분이었다. 아이스크림은 물론 달고, 차가웠다.

사람은 각기 홈그라운드라고 할 수 있는 애착하는 백화점이 있지 않나 한다. 어렸을 때부터 백화점 하면 여기였다 하는 경우도 있을 테고, 여러 군데 가 봤지만 이 백화점이 가장 성격에 맞는다 하는 경우도 있을 것이다. 집이나 직장에서 가까워 이곳만 이용하게 되었다 하는 경우도 있을 수 있겠다.

내게도 그런 백화점이 있어 그곳에 대한 편애와 신뢰는 흔들림이 없는데, 최근에 어쩌다(십여 년 만에) 다른 백화점에 갔다가 홈그라운드가 아닌 백화점에 가는 것은 여행과 다름없다는, 내가 생각해도 믿기 어려운 발견을 했다.

무엇보다 구조를 알 수 없었다. 에스컬레이터가 어디 있는지, 계산은 어디에서 하는지, 어떤 가게가 입점해 있고 어떻게 배치되어 있는지. 잘 아는 거리에 있는 잘 아는 건물인데, 내부는 너무도 낯설었다. 규칙이 다르다는 인상이었다. 나는 그 백화점에 딱 30분 있었는데, 겨우 30분이라도 왠지 불안했다. 토요일 저녁이었고, 혼잡했고, 다른 손님은 모두 여기가 홈그라운드인 것처럼(근거는 없지만) 보였고, 침입자로서는 미안하고, 그러나 어디 기가 죽을소냐…… 하고 마음을 다잡았다. 기억에 있는 긴장감이었다. 그렇다, 여행지에서 느끼는 긴장감이었다. 눈에 보이는 모든 것이 낯설고 호기심을 자극하지만, 너무 두리번

거리면 볼품없다고 자신을 꾸짖는 면도, 함부로 영합하지 않으려고 자칫 비판적이 되는 부분도, 자신이 그 장소에 익숙하지 않다는 것을 들키지 않으려는 심리도, 그렇다고 익숙해질 리는 없고 익숙해질 수도 없다는 기묘한 기분도.

내가 그 백화점에서 사려던 것은 채소(고기와 생선은 냉동고에 있어서, 여기서 채소만 사면 내일 장 보러 나가지 않아도 된다는 지극히 게으른 이유로 백화점에 들어갔다)였기 때문에, 채소가 있다는 표지판을 따라 지하 3층으로 내려갔다. 채소를 몇 종류 고르고 문득 보니, 옆에 '채 썬 미역 줄기와 산초와 함께 조렸다'는 잔생선 조림이 있어 그것도 샀다(여행지에서 나는 충동구매를 잘한다). 잔생선 조림은 '호타루코'라는 알 수 없는 이름이었다. 왜 '호타루코'인지 알 수 없지만, 다음 날 아침에 죽과 함께 먹은 그것은 묘하게 맛있었다.

초록색을 기조로 하고 검정과 갈색의 차분하면서 그윽한 선이 돋보이는 판화였다. 알몸의 남녀가 그려져 있는데, 애정보다는 슬픔이 전해졌다. 그래서 언뜻 보기에는 애처로운데, 그림 어딘가에 독특한 따스함이 있고 그 따스함이 뭐라 말할 수 없이 시크해서 보면 볼수록 좋았다.

그림의 분위기에서 처음에는 가을이나 겨울을 연상했는데, 점차 여름 그림 같다는 생각이 들었고, 마지막에는 봄 그림 같다는 생각도 들었다. 1년 내내 바라보고 싶은 그림. 그래도 깊은 가을에서 초겨울이 가장 어울리겠어. 아니, 여름이 가장 어울릴 것 같은데, 봄 정도는 아니지만. 그런 생각을 하면서 그 그림 앞에 1시간쯤 머물렀을까. 장소는 파리, 센강 가에 있는 화랑이었다.

그림을 산다는 것은 용기가 필요한 일이다. 자신이 그 그림에 어울리는 사람인지 걱정스러워진다. 그 그림에 어울리는 장소를 부여할 수 있는지도. 동물을 키우는 것과 비슷한 책임감도 느낀다. 게다가 그림은 동물과 달라 죽지 않으니, 샀다고 해야 내가 죽을 때까지(또는 어떤 방식으로든 헤어질 때까지) 맡고 있는 것에 불과하다.

파리 체류 마지막 날이었지만, 다음 날 저녁 비행기였기 때문에 시간은 충분히 있었다. 나는 화랑 주인에게 하룻밤 생각하고 싶으니 이 그림을 하루만 팔지 말아 달라고 부탁했다. 화랑 주인은 절대 팔지 않을 테니 천천히 생각해 보라고 말했다. 그러나 화랑을 나섰을 때는 이미 마음이 정해졌다고 생각한다. 호텔까지 해 질 녘의 길을 걸어 돌아가면서, 당시 작업실로 빌려 사용하던 아파트의 어느 위치에 그 그림을 걸지 고민하고 있었으니까.

다음 날 아침, 문 여는 시간에 화랑에 도착할 수 있게 시간 맞춰 호텔을 나섰다. 화랑까지는 걸어서 20분이나 30분 거리였다.

그런데.

걸어도 걸어도 화랑이 나오지 않았다. 강가에 있으니 길을 잘못 들 일도 없는데, 같은 길을 몇 번이나 오가도 나타나지 않았다. 화랑과 같은 길가에 있는 레스토랑도 보이지 않아, 화랑이 하룻밤 사이에 사라질 리 없으니 내가 엉뚱한 장소를 오가고 있다는 걸 알았다. 어디서 어떻게 길을 잘못 들었을까. 처음에는 당황하지 말고 침착하게 찾아보자고 생각했지만, 이리저리 걸어 다니다 1시간이나 지나자 비명을 지를 것 같았다. 2시간이 지날 무렵에는 내가 어디에 있는지도 알 수 없었다. 그때만큼 길치인 자신을 원망했던 적이 없다. 비행기 시간은 다가오는데, 나는 울다시피 택시를 잡아타고 짐을 가지러 호텔로 돌아갔다.

　20년이 지난 지금도, 그 판화를 간혹 떠올린다.

집에 들어온 남편의 양복 주머니에 때로 과자가 들어 있곤 한다. 만주, 초콜릿, 쿠키, 파이, 쌀과자. 종류도 다양하고, 대개는 하나하나 포장되어 있다. 그런데 포장되지 않은 경단이나 쿠키가 화장지에 둘둘 말려 있는 경우도 가끔 있다. 주머니 안에서 납작 눌렸거나 부스러진 그것들의 모습은 상당히 초현실적이다.

어릴 때, 친구 생일에 초대받아 가면 대개는 테이블에 과자가 준비되어 있었다. 장식적인 그릇(백조 모양일 때도 있었다)이나 바구니에 담긴 과자는 대체로 남기가 일쑤여서, 귀여운 종이 냅킨에 싸여 돌아가는 친구들 손에 쥐어지곤 했다.

남편의 양복 주머니에서 과자가 나오면, 나는 그런 기억을 떠올린다.

"이거 뭐야?"

그렇게 물어도 원래 말수가 적은 남편은, 받았다고밖에 대답하지 않는다.

"누구에게?"

그렇게 다시

물어도 남편은 "몰라." 하거나 "회사 사람." 이라고밖에 대답하지 않는데, 누군가가 여행 갔다가 사 온 것이겠거니 상상은 간다. 황금연휴 때나 명절, 혹은 연말연시 등 긴 휴가 후에는 양 주머니가 불룩해서 돌아온다.

누가 준 선물인지는 모른다. 하지만 남편의 주머니에서 류큐의 과자인 친스코가 나오면, '아, 누가 오키나와에 다녀왔나 보네.' 하고 생각하고, 시로이 코이비토나 로이스 과자가 나오면, '홋카이도에 다녀왔군.' 하고 생각한다. 명란 맛 과자가 나오면 하카타일 것이라고 상상하고, 문어 맛이면 오사카, 레몬 맛이면 히로시마일 것이라고 상상한다. 남부 센베이면 이와테에 다녀왔다고 알고, 새우 맛 센베이면 나고야라는 걸 안다. 모르는 과자일 경우에도 제조원 표시를 보며 기후네, 미야자키로군, 하고 알 수 있다. 하와이나 캐나다, 한국, 스페인 등 외국 과자일 때도 있다.

남편의 주머니에서 홀연 나타난 그 과자들을 먹으면서

나는 얼굴도 이름도 모르는 사람들의 무수한 여행을 상상한다. 출장이었을까? 고향에 다녀왔나? 신혼여행이었나? 좋은 여행이었을까, 맛있는 것은 먹었을까, 효도 여행이었을까. 스키를 타러 갔다 왔나, 등산을 다녀왔나, 축구를 관전하고 왔나. 어디를 갔든, 주위 사람들에게 뭔가를 선물했다는 것은 그들이 무사히 여행을 마치고 회사로 돌아왔다는 뜻이다. 어린 시절의 생일 파티를 방불케 하는 과자 더미 앞에서, 나는 절감한다. 사람들이 참 다양한 곳으로 이동하고 있다고.

작년에 홋카이도의 비후카라는 곳에서 북방여우를 보

았다. 간간이 진눈깨비가 흩날리는 춥고 흐린 날이었다.

이제는 전철이 다니지 않는 선로 옆 마른 수풀에 한 마리

가 오도카니 서 있었다. 나는 정지한 렌터카에 앉아 있었

는데, 북방여우 역시 지나가는 길에 불쑥 걸음을 멈췄다는

듯이 정지해, 앞 유리창 너머로 이쪽을 빤히 쳐다보고 있었다. 사려 깊어 보이는 야생의 얼굴이었다. 털도 색감이 없는 겨울 경치와 마른 수풀에 어울리게 뻣뻣해 보였다. 몇 분 후, 차가 움직일 때까지 북방여우는 그 자리에서 움직이지 않고 가만히 차를 쳐다보았다. 겁을 먹은 것 같지는 않았지만, 안심한 눈치도 아니었다. 아마 경계심과 호기심 사이 어딘가에서 가늠하고 있었을 것이라고 생각한다. 언제 도망가야 하는지를.

5, 6년 전에는 구마모토의 아마쿠사에서 돌고래를 보았다. 숨 막히게 귀여웠다. 나는 소형 배에 탄 상태였다. 야생 돌고래들이 배를 뭐라고 여기는지 모르지만, 사방에서 모여들어 나란히 달리듯 헤엄쳤다. 튀어 올라 공중돌기를 하는 돌고래도 있고, 유유자적 차분하게 헤엄치는 돌고래도 있었다. 서로 딱 붙어서 헤엄치는 돌고래 어미와 새끼도 있었다. 모두 피부(라고 해야 하나? 가죽?)가 반짝반짝 아름답고, 날씨도 좋아서 수면도 돌고래도 눈

부셨다.

　더 오래전에는 부에노스아이레스에서 들개를 많이 보았다. 얌전하고 똑똑한 개들이 각자 거리의 일부가 되어 있었다. 신호를 기다렸다가 길을 건너니 그렇지 않은가. 신호 자체를 보고 있는 것은 아니고, 주위 사람들의 움직임으로 판단하는 듯했다. 엷은 갈색 개, 하얀 개, 검은 개, 늑대처럼 커다란 개. 갖가지 개가 있었다.

　들개들은 주인이 있어 목줄 달린 개와 지나칠 때면, 모두 조심스럽게 길가로 비켜섰다. 집개가 짖으면, 자기 덩치보다 훨씬 작은(게다가 건방지고) 개라도 몸을 작게 움츠리고 물러났다. 만에 하나 집개를 다치게 하면 어떤 보복을 당하는지 아는 것이다. 뭐라 말하기 어려운, 그러나 애달픈 광경이었다. 나는 들개들을 칭찬해 주고 싶었다. 모두 기개가 있고 품위 있다고 말해 주고 싶었다. 그러나 무사히 살아 주기를 기도하는 수밖에 없었다.

여행지에서 마주친 사람들은 시간과 더불어 잊고 마는데, 왜일까, 동물들은 잊히지 않는다.

친구들과 함께 와카야마현에 있는 시라하마에 갔다. 와카야마현은 처음이라 보고 듣고 먹는 것 모두가 신기하고 흥미로웠다. 바다와 산이 가까이 있는 와카야마현은 정말 풍요로운 곳이었다. 지하 동굴의 기온이 얼마나 낮던지, 물살은 얼마나 급하던지 눈이 절로 휘둥그레졌다. 히로메라는 이름의 미역 비슷한 해초는 또 얼마나 맛있던지. 직판하는 곳에서 마신 감귤주스의 신선함도 잊지 못한다.

여행의 목적은 판다를 보는 것이었다. 도착하자마자 '어드벤처 월드'에 갔다. 종일 부슬비가 내렸지만, 비가 온다고 주춤할 우리가 아니었다. 텅 빈 원내를 걸어 '판다 러브'라는 이름의 판다관을 향했다.

나는 그때껏 판다를 한 번도 본 적이 없었는데, 상상했던 것보다 훨씬 귀여웠다. 동글동글, 복슬복슬, 뭉글뭉글한 판다가 몇 마리나 있었다. 나무에 뽀르르 오르는 판다가 있는가 하면, 와삭와삭 소리 내며 조릿대를 오물오물 깨무는 판다, 아무 거리낌 없는 모습으로 잠자는 판다. 우리는 우리 앞에 오래도록 서서 열심히 구경하며 사진을 찍거나, 사진을 찍지 않는 대신 마음에 새기거나, 조잘조잘 말을 걸거나, 각자의 방식으로 그들의 모습을 즐겼다.

옆에 판다의 가계도가 있었다. 그걸 본 친구 하나가 감

격한 목소리로
말했다.

"와, 에이메
이, 대단하네!"

에이메이는
수판다의 이름
으로, 그 가계도

에 따르면 '어드벤처 월드'에서 태어난 판다 열네 마리가
모두 그의 자식이었다.

우리는 정말 감격했다. 판다는 번식이 어렵다고 한다.
물론 시설 관계자들의 노력이 어마어마했겠지만, 그래도
무려 열네 마리.

에이메이는 '판다 러브'가 아닌 장소(그 이름도 브리딩 센
터)에 있었다. 거기에도 설명문이 있었는데, 그는 라우힝
이라는 암판다와 또 교배에 성공했다고 한다. 누워 있는
묵직한 모습에서는 풍격마저 느껴졌다. 우리는 또 한참

이나 넋을 잃고 에이메이를 바라보았다. 그 자리에 있던 여자 다섯(작가 셋, 편집자 둘, 전원 오십 대) 모두 자식이 없다. 에이메이를 보면서 각자가 무슨 생각을 했는지는 물론 알 도리가 없지만, 나는 왠지 수긍이 갔다. 세상에는 자손을 퍼뜨리는 사람이 있는가 하면 퍼뜨리지 않는 사람도 있다. 그리고, 그래서, 는 아니지만, '힘내, 에이메이.' 하고 생각했다.

러시아에 갔다. 홍차가 엄청 맛있었다. 세 도시에 갔는데, 어느 곳이나 맛있어서 나는 홍차만 계속 마셨다. 러시안 티는 잼을 넣은 홍차인 줄 알았는데, 러시아에 머무는 동안 그런 홍차는 못 보았다. 밀크티를 마시는 사람도 거의 볼 수 없었다. 홍차 자체의 풍미를 스트레이트로 즐기는 것이 주류인가 싶은 인상이었다. 그리고 그렇게 마시는 홍차가 예외 없이 진하고 뜨겁고 맑고 향기가 좋고 맛있었다.

특히 시베리아의 작은 도시에서 영화관 관장이 끓여 준 홍차의 맛은 잊을 수 없다. 대략 사십 대 후반으로 보이는 그는 체격이 크고 얼굴 절반이 수염으로 덮여 있었다. 그는 홍차를 대충 끓였다. 우선 깨끗한(그렇게 보이는) 컵을 고르는 것부터 시작한다. "이건 깨끗하군." 하거나 "이 컵

은 괜찮을 거야." 하고 일일이 말을 해서, 나는 상당히 불안해졌다. 그다음 그는 홍차 잎을 바로 컵에 담고 거기다 뜨거운 물을 부었다. 대담.

"티 포트를 사용하자니 귀찮고, 티백은 또 멋이 없으니."

그렇게 설명하고는, 언제부터 거기 있는지 모를 먹다 만(귀퉁이부터 스푼으로 잘라 내니 물론 먹다 만 것은 아니다) 커다란 웨하스를 "이것도 같이." 하면서 권했다.

나는 홍차 잎이 바닥에 가라앉은 머그컵에 조심조심 입을 대었다. 진하고, 뜨겁고, 놀라울 만큼 소박하고 맛있는 홍차였다. 나는 그 홍차를 두 컵이나 마셨다(뜨거운 물을 더 붓기만 하면 되니 초간단!). 그리고 좋은 걸 알았다고 생각했다. 우리 집에는 내 손으로 사거나 누구에게 받은 홍차가 아주 많은데, 티 포트를 사용하는 게 귀찮다는 관장과 똑같은 이유로 평소에 티백만 주로 마셨기 때문이다. 웨하스는 테이블에 마냥 놓여 있었던 것 같은데도 조금도 눅눅하지 않았다. 두툼하고, 바삭바삭이 아니라 파삭파삭했다.

마음에 들어 다음 날 슈퍼마켓에서 같은 것을 샀다.

　귀국하자 바로 홍차를 끓였다. 그런데 홍차 잎이 너무 고와 바닥에 가라앉지 않고 물에 자잘하게 떠 있기만 해서 아무리 기다려도 마실 수가 없었다. 커다란 판 웨하스는 상자를 열자 바로 눅눅해졌다. 어째서 그런지는 모르겠다.

요즘 아이들도 학교에서 서도를 배울까? 내가 어렸을 때는 매주 서도 수업이 있었다. 서도 수업이 있는 날이면 교과서와 공책, 필통이 담긴 평소의 책가방과 함께 먹과 벼루와 문진과 습자지 밑에 까는 펠트 천이 세트로 담긴 가방을 들고 학교에 갔다. 그 가방은 대개 여학생은 빨간색, 남학생은 파란색이었다. 지금 같으면, 이렇게 무거운 걸 한꺼번에 들고 갈 수 없다고 단호히 항의했을 것이다. 그러나 당시에는 불평 한 마디 않고(날에 따라서는 체육복과 체육관용 실내화까지) 들고 갔으니, 어린아이란 정말 대단한 존재다.

그렇게 오래전 일이 떠오른 이유는 모스크바에서 러시아 사람들의 서도 전시회를 봤기 때문이다. 일본 문화에 관심이 있어 일본어를 배우고, 학 종이를 접고, 말차를 끓이기도 한단다.

전시회 자체는 초등학교 교실의 뒤쪽 벽이 연상될 정도의 규모와 분위기였고, 먹물로 쓴 글자가 거뭇거뭇했다. 중심 글자는 모두 당당한 풍채를 자랑하는데, 작은 붓으로 왼쪽 구석에 쓴 각자의 이름 – 미하엘, 타티야나, 나탈리아 등등 – 은 이상하게 맥이 없고 조심스럽고 확실하지 않아 인상적이었다.

중심 글자는 일본어 교과서에서 좋아하는 말을 골라 썼

다고 한다. 압도적으로 '애愛'가 인기였다. 그 다음으로 '양친'과 '일본' 같은 단어가 줄지어 쓰여 있었다. '세계'와 '친우'도 여럿 보였다. '평화'도. 그런데 그런 글자들 가운데 '대소'라고 쓰인 글자가 덩그러니 있었다. 나는 그 글자에 눈길을 멈추고 한참을 움직이지 못했다. 왜 '대소'일까?

글자의 모양이 마음에 들었을까? 아니면 소리의 울림이? 아니면 쓴 사람에게 특별한 의미가 있는 글자일까? 모르겠네. 모르겠지만, 아무튼 그 사람은 이 글자를 골랐다.

좋으네, 하고 생각했다. 좋으네, '대소'.

그날 호텔로 돌아가서도, 그 다음 날도 나는 그 단어를 생각했다. 여행을 끝내고 일본으로 돌아와서도 간간이 떠올리고는 대소, 하고 중얼거렸다. 중얼거릴 때마다 웃음이 나왔다. '애'도 아니고, '양친'도 아니고, '대소'를 선택한 사람에게 나는 응원을 보내고 싶다.

러시아의 서도

비
스
듬
한
잔

비스듬한 잔이 있다. 목이 없는 와인 잔의 원형 유리 바닥에 바로 붙어 있는 받침 부분이 30도 정도 기울어 있다. 요리사 모자를 쓴 남자 그림과 Glacier Express라는 글자가 찍힌 그 와인 잔은 오래전에 세상을 떠난 아버지의 여행 기념품이다. 스위스의 산악 열차를 탔을 때 식당차에서 사용되던 잔이라는데, 선로의 경사와 같은 각도로 비스듬히 기울어 있기 때문에 올라갈 때와 내려갈 때 방향을 바꾸면 와인이 수평을 유지한다. 그 잔이 재미있어 갖고 싶었던 아버지는 차장에게 부탁해 한 개를 얻었다고 한다. 집으로 돌아오자마자 아버지는 그 비스듬한 잔을 우리에게 보여 주면서 용도를 설명했다. 산악 열차를 타 본 적 없는 우리 가족은 그 얘기를 들으면서 식당차의 광경(모든 테이블에 비스듬히 기운 잔이 놓여 있고, 찰랑거리는 레드와 화이트 와인이 수평을 유지하고 있다)을 상상하고는, 외국인들의 발상이 참 멋지다고 감탄했다.

그러나 그 후에 그 잔이 사용된 적은 단 한 번도 없었다. 여행

기념품이 대체로 그렇듯, 금방 잊혀졌다.

얼마 전에 불쑥 떠올라 찾아보니, 식기 선반 구석에서 먼지를 뒤집어쓰고 있었다. 30년 넘게, 아무도 돌아보는 이 없이 그곳에 그렇게 있었던 것이다.

씻자 잔은 당연히 반짝반짝 빛났다. 마치 새 물건 같아 묘한 기분이 들었다. 긴 시간이 지났는데, 이걸 가지고 돌아온 사람도 이미 이 세상에 없는데, 마치 그런 모든 일이 없었던 것처럼 잔은 여전히 반짝거렸나.

레드 와인을 따라 보았다. 평평한 책상에 잔을 놓아도 와인은 물론 수평이지만, 받침 자체가 기울어 있어서 시각적으로는 불안정하고, 낮은 쪽 테두리에서 당장이라도 와인이 흘러내릴 것만 같다. 받침 절반에 책을 대어 비스듬히 했더니 안정을 찾았다. 굳이 이렇게까지 하면서 비스듬한 잔에 와인을 마시는 자신이 우습게도 여겨졌지만, 건강하던 시절의 호기심이 많았던 아버지 기질을 잠시 떠올리고 싶었는지도 모르겠다.

누군가가 세상을 떠났을 때, 살아 있을 때 여행을 하던 사람이라면 뒤에 남은 사람은 위안이 되지 않을까 싶다. 적어도 여러 장소에 가서 많은 것을 보았다고 생각할 수 있다. 앞으로 나를 떠나보낼 사람들이 그렇게 생각할 수 있도록 여행을 많이 하고 싶다, 하고 쓰면 과한 욕심일까.

어제 저녁, '하카타 우동 술집'이라는 홍보 글귀가 나붙은 가게에 들어갔다. 장소는 도쿄도 시부야구. 북적북적 활기가 넘치고, 벽 한가득 메뉴가 붙어 있었다. 석묵(주로 한천의 재료로 사용되는 끈 모양의 해초(홍조류)_옮긴이)과 어묵버터구이를 안주로 맥주를 마시면서 나는 '오오!'하고 생각했다. 도쿄에 있는데 마치 규슈에 온 것 같다고. 어묵버터구이라는 안주를 나는 처음 먹어 보았는데, 정말 맛있었다. 테두리가 분홍색 어묵이라 더욱이 멋이 느껴졌다.

새삼스럽게 가게 안을 둘러보니, 메뉴 중에 흥미로운 것이 더러 눈에 띄었다.

예를 들면 '사랑의 스콜 사워 (한정) 400엔'. 사랑의 스콜??? 상당히 정열적인 이름인데, 과연 어떤 술일까? '미야자키 현민 여러분, 오래 기다리셨습니다!' 하는 말이 옆에 쓰여 있는 것으로 보아, 미야자키에서는 대중적인 술일지도 모른다. '붕어묵 샐러드(샐러드가 아님)'에도 눈길이 갔다. 샐러드라면서 샐러드가 아니라고?? 역시 '도시락의 히O이 하면 이거지!'라는 말이 옆에 쓰여 있어 수수께끼가 늘어만 간다. 추가 주문한 돼지고기와 피망과 슈마이 꼬치를 먹으면서도 나는 수수께끼를 풀고 싶은 마음만 가득해, 히O이의 O에 해당하는 부분에 글자를 하나

씩 꿰맞추고 있었지만 어느 글자도 도시락과는 아무 연관성이 없고, 의미도 통하지 않았다. 결국은 포기하고 가게 점원에게 물었다.

"히라이예요."

머리를 노랗게 물들인 젊은 남자 점원이 그렇게 대답해 주었다. 구마모토에 그런 이름의 도시락 가게가 있고, 붕어묵 샐러드(감자샐러드로 채워서 튀긴 붕어묵이라는 것도 알았다)는 그 가게가 원조라고 가르쳐 주었다. 구마모토 사람들은 바로 알까. 풍토란 실로 의미가 깊다. '하카타 우동 술집'이라는데, 미야자키 술도 마실 수 있고 구마모토 음식도 먹을 수 있는 셈이다. 아마도 본고장에는 그런 가게가 존재하지 않을 것이다. 놀이공원 같은 가공의 규슈.

주종을 레몬 사워로 바꾸고, 우동을 한 그릇 비우고 나니 배가 든든해졌다. 그래서 마지막에 주문해서 확인하려 했던 수수께끼의 디저트 '다케시타 제과의 밀쿡

Milcook'이 어떤 것인지는 지금도 수수께끼다.

스무 살 때, 후쿠이현에 있는 에이헤이 절에 좌선을 하러 갔다. 속세를 떠난 절이라는 장소와 내게는 모자란 '정신적'이라는 미덕에 관심과 동경을 품었던 것이라고 생각한다. 쌀쌀한 11월이라 맨발로 걷는 복도가 차가웠다. 경내의 고요함과 규칙적으로 돌아가는 하루하루, 철저하게 색감이 없었던 기억이 난다.

빛이 들어오지 않도록 한 탓에 숙방도 본당도 어두컴컴하고, 개인 물품은 전부 맡기고 빌린 수행복을 입은 나 자신 또한 모노톤이라 마치 흑백 영화 속에 있는 기분이었다.

그곳에서의 체험은 나로서는 놀람의 연속이었다. 행각승은 모두 풍채며 언행이 체육 선생님 같았고, 독경은 즐거웠고, 좌선을 하다 복숭아뼈에 멍이 생겼고.

하지만 가장 인상에 남아 있는 것은 화장실이다. 학교 화장실 같은 구조에 널찍하고 청결한 화장실이었다. 바닥은 회색 타일, 사람의 기척이 없어 휑하고 싸늘하기도 했다. 옆으로 줄지은 각각의 화장실에 탈취제가 걸려 있었다. 천박한 분홍색과 노란색, 황록색 탈취제는 철저하게 모노톤인 공간에서 감동적이리만큼 저속하고, 어딘가 모르게 초현실적이고 흉측했다. 처음 봤을 때, 문 열린 화장실 앞에 그만 우뚝 서 버리고 말았다. 그때의 충격과 친근감은 잊지 못한다. 친근감. 탈취제에 친근감을 느끼는 날이 올 줄은 꿈에도 몰랐지만, 실제로 그 천박하고 동그란 것은 나와 비슷했다. 바깥세상에서 유입된 이물이며 절의 고요함과도 장엄함과도 전혀 어울리지 않았다. 마치 나 자신을 보는 것 같았다.

한 가지 다른 점은, 나는 곧 이곳을 떠나 바깥세상으로 돌아가지만 탈취제는 두 번 다시 밖으로 나갈 수 없으리라는 것. 그렇게 생각하자 나는 왠지 경건한 기분이 들었다. 눈앞에 있는 그 탈취제들이 애달프지만 용기 있는 존재로 보였다.

화장실에는 조그만 창문이 있었지만, 조금밖에 열어놓지 않아 밖의 풍경은 보이지 않았다. 세면대의 물은 차갑고, 수도꼭지는 반짝거리게 닦여 있었다.

그때가 내가 처음 혼자 떠난 여행이었다.

F 씨는 아버지의 친구였다. 일 때문에 미국에 오래 살았는데, 그래서 내가 미국으로 유학을 떠날 때 걱정이 많은 아버지는 딸을 좀 잘, 하고 F 씨에게 부탁했다. 그런 부탁이 큰 민폐였을 것이라고 생각한다. 알지도 못하는 친구의 딸에게 뭘 어떻게 잘할 수 있겠는가.

 아무튼 F 씨는 공항으로 마중 나와 주었다. 그날 밤에 벤케이라는 일식집에서 밥을 사 주면서 팁을 계산하는 방법을 가르쳐 준 것, 그리고 며칠 후 내가 유학하는 학교로 떠나는 공항에 가려면 택시 운전사에게 공항 이름을 라가디아가 아니라 라과디아로 발음하는 편이 잘 통할 것이라고 가르쳐 준 것도 기억한다. 훗날 알았는데, F 씨는 몹시 내성적이라고 할지, 말이 없고 소심한 성격이었다. 나도 사교적이랄 수 없는 학생이었으니, 그날의 대화는 상당히 삐걱거리지 않았을까 한다.

그 후에 뉴욕 거리의 매력에 완전히 포로가 된 나는 학교가 있는 시골 동네에서 간간이 뉴욕으로 놀러 가게 되었다. F 씨에게 연락하는 일도 있었지만 하지 않는 일도

있었다. 하지만 연락하면 F 씨는 시간을 내서 나의 근황 보고를 들어 주었다.

1년간의 유학을 마치고 귀국한 후에도 나는 자주 뉴욕에 갔다. 가면 F 씨에게 연락했고, F 씨도 일본에 일시 귀국할 때면 알려 주어 도쿄에서 만나곤 했다.

"왜 내게는 연락을 안 하면서 네게는 하는 거지?"

아버지가 그렇게 중얼거렸을 때, 나는 F 씨가 나를 친구의 딸이 아니라 자신의 친구로 인정해준 듯해서 기뻤다.

그러다 오랜 시간이 흘렀다. 나는 일에 집중하게 되었고, 결혼을 했다. F 씨도 퇴직을 하고 이사하는 등, 이래저래 만나는 일도 서로 연락하는 일도 없어졌다.

그래서 한 20여 년 만에 F 씨로부터 불쑥 편지를 받았을 때, 나는 놀라고 기쁘고 그리워 가슴이 벅차올랐지만, 동시에 어떻게 하면 좋을지 모를 만큼 아쉽기도 했다. 편지는 아주 짧았다.

'워싱턴의 필립 컬렉션(Q와 21번가 모퉁이)에서 대대적

인 보나르 전시회를 하고 있습니다. 19일까지예요. 보러 오세요.'

　F 씨 기억 속의 나라면 곧바로 비행기를 타러 갔을 테지만, 그때 나는 도저히 그럴 수 없었다. 내 몸이 무거워지는 날이 올 줄은 꿈에도 몰랐다. 그 후로 중요한 시험에 떨어진 듯한 기분을 계속 안고 있다.

바텐더가 매력적인 여자여서 어느 바에 이틀 밤을 연달아 갔다. 몇 년 전, 세인트루이스에서의 일이다. 그녀는 백인이고, 키가 크고, 머리는 갈색이고, 손이 커다랬다. 가게는 작았지만 길가에도 테이블이 놓여 있었다. 미국 사람들은 여럿이 몰려와 앉을 자리가 없으면 선 채로 마시고 돌아가곤 했다. 그러니 상당히 바빴을 텐데도 그녀는 이틀 밤 내내 혼자 주문을 받고, 칵테일을 만들고, 돈을 받고, 테이블을 치우고, 잔을 씻으면서도 가게 전체를 살폈다. 그 바지런히 일하는 모습과 군더더기 없는 동작과 차분한 몸짓 모두가 마음에 들었지만, 내 눈길을 사로잡은 그녀의 가장 큰 특징은 웃지 않는 것이었다. 무뚝뚝한 것은 아니다. 손님이 농담을 던지면 예의상 입꼬리를 살짝 올리는 정도의 반응은 보인다. 그러나 그건 어디까지나 예의상일 뿐, 그녀 자신에게나 주위 사람들에게나 예의에 지나지 않는다는 것을 굳이 표시하는 태도였다. 그러나 한편 그녀의 눈은 생기발랄하고 장난기가 넘치고 입은 커다래서, 가족이나 친구 혹은 연인과 함께일 때면 환하게 잘 웃을 뿐더러, 웃는 얼굴도 자연스럽게 보이는 사람일 거라고 상상할 수 있었다.

나는 그녀의 그런 얼굴을 보고 싶은 나머지, 볼 수 있는 사람들에게 질투를 느꼈다. 이는 내가 만약 남자라면 사랑에 빠진 순간일 것이라고 생각했다. 누군가의 웃는 얼굴을 보고 싶다는 감정은 아주 개인적인 것이니까.

일본 사회에서는 생글생글 웃는 것을 좋은 일로 여긴다. 어릴 때부터 웃는 얼굴을 장려하고, 언제나 생글생글 웃으라고 교육한다. 손님을 대하는 업종에서는 더욱이 그렇다. 웃는 얼굴이 꼭 필요하다고 세뇌한다. 나 역시 별로 친하지 않은 사람과 얘기할 때도 의미 없이 생글생글(그러니까 사교용 웃음이다)하는 일이 있다. 일단은 '그쪽에 적의는 없어요, 우호적으로 지내자고요.' 하는 의사를 표시하는 셈이지만, 세인트루이스에서 그녀를 사랑하게 된 후에는 부끄러운 일이라고 반성했다.

그런 그렇고, 세상은 왜 그리 생글거리는 것을 좋게 여기는 것일까. 정말 '언제나 생글거리는' 사람이 있다면 섬뜩할 것 같다. 웃는 얼굴은 보다 개인적이고, 흔하기는 하지만 특별한 것이고, 빛나고 행복한 것일 테니까.

여행을 좋아하는데도, 여행에서 돌아오면 반갑고 안도하는 것은 왜일까. 돌아오면 집 안 청소를 해야 하고, 우편물도 메일도 팩스도 잔뜩 쌓여 있고, 냉장고는 텅 비어 있어 장을 보지 않고는 먹을 것도 만들 수 없는 상태인데.

가족을 만날 수 있어서 그렇다, 하는 대답은 옳지 않다.

가족과 함께 여행한 경우에도 집에 돌아오면 안도하니까.

즐겁고 충실한 여행일 때는, 도중에 집에 가고 싶지 않다는 생각도 물론 한다. 돌아가면 마감해야 할 원고가 기다리고 있고, 청소와 잡다한 일에 쫓겨야 하는 등 일상생활에 숨어 있는 다양한 이유로. 그러나 여러 번 돌아가고 싶지 않다고 생각하며 여행한 경우에도, 집에 돌아오면 안도한다. 참 부조리하다.

옛날에 가족끼리 외식을 하거나 친척 집에 다녀오느라 반나절 정도 집을 비웠을 때, 엄마는 대문 앞에 서서 이렇게 말했다.

"아아, 다행이다. 아직 집이 있어서."

어렸던 나는 속으로 '뭐라고?' 하고 생각했다. 집이 아직 있는 것은 너무도 당연한 일, 없는 게 이상하다고밖에 생각되지 않았다. 하지만 지금은 엄마의 심정을 마음이 아리도록 이해한다.

집을 비운 시간이 반나절이든 며칠이든 몇 주든, 집이

아직 있는 것은 조금도 당연한 일이 아니다. 화재가 발생하지도 않고, 지진에 무너지지도 않고, 지나가던 차가 박지도 않고, 범죄자가 들이닥치지도 않고, 집이 그 자리에 번듯하게 있는 것은. 건물만이 아니다. 그 집에 내가 '있을 곳'이 아직 있다는 것. 여행을 떠나 물리적으로 멀리 떨어졌을 뿐만 아니라 일시적이나마 마음도 떠났고, 순간적으로는 잊기조차 했을 텐데. 그런데도 '아직' 돌아갈 장소가 있다는 것은, 생각해 보면 기적에 가까운 일이다.

규슈나 홋카이도, 미국이나 유럽 등, 여행을 좋아해서 아무튼 어딘가로 떠나고 싶고, 실제로 반복해서 떠나 보고 듣는 것, 만나는 사람, 먹는 음식 모든 것에 마음을 빼앗겨 벅찬 가슴으로 역이든 공항에서 여행 가방과 함께 돌아오면 집이 아직 거기에 있고, 게다가 여전히 그곳이 내가 있을 곳이라 놀랍다.

여행에서 돌아올 때마다 반갑고 안도하는 것은 매번 그 사실에 감동하기 때문인지도 모르겠다.

번외 편

도모도쏘라, 도마니.

이탈리아어 하면 제일 먼저 머리에 떠오르는 말은 이 두 가지다. 도마니는 내일이라는 뜻이라고 알고 있으니 괜찮은데, 도모도쏘라는 모른다.

"도마니, 도모도쏘라."

로마 테르미니역 창구에서 내가 그렇게 거푸 말했다는 것만 기억하고 있다. 지도와 여행자를 위한 회화용 사전과 메모지와 사탕, 볼펜 등을 한 손에 뒤죽박죽 들고서. 땀이 촉촉이 배어 나올 만큼 따뜻한 3월의 화창한 날이었다. 주위에는 갓난아기를 안고 구걸하는 여인들이 수두룩했다.

기차표를 사려고 했으니, 도모도쏘라는 역 이름이었을까(그러나 행선지는 팔레르모였다). 2인이나 두 장이라는 의미였는지도 모른다. 나는 친구와 함께 여행을 하고 있었다. 아니면 편도라는 의미였을까. 이등칸일지도 모르겠다. 지금도 그 의미도, 발음이 정확한지도 모르지만, 기억에 새겨지고 말았다.

"도마니, 도모도쏘라."

힘주어 말하고, 말이 통해서 무사히 표를 샀을 때의 안도와 기쁨을 기억하고 있다.

돌이켜 보면 무모했지만 풍성한 여행이었다. 돌아오는

날도 정하지 않고(돈이 떨어질 때까지 계속하려고 했다), 묵을 장소도 정하지 않고(발 닿는 대로 이동하는 여행이야말로 우리가 꿈에 그리던 여행이었다), 말은 못하지만 그래도 아무튼 가능한 한 여러 가지 교통수단을 이용하고, 최대한 멀리 돌아서 아프리카 대륙으로 가려 했다.

나와 그 친구는 열세 살 때 만났다. 둘 다 책을 좋아했다. 둘 다 외국을 동경하고, 드라마틱한 것을 좋아하고, 맛있는 것을 좋아해 금세 의기투합했다. 토마스 쿡Thomas Cook의 시간표가 우리의 보물이었다. 펼쳐서 방의 한 벽에 붙여 놓고 '벽의 저 부분만 외국 같네.' 하고 생각하곤 했다.

언젠가는 둘이서 세계를 보자. 시베리아 횡단 열차도 타자. 파리의 지하철도 타자(도쿄의 지하철은 전 세계에 그 예가 없을 정도로 복잡하니까, 도쿄에서 전철을 탈 줄 아는 우리는 전 세계 어디를 가든 충분히 지하철을 탈 수 있을 것이라던 그녀 의견을, 나는 지금도 외국에서 지하철을 탈 때면 떠올린다).

무수한 약속을 했다.

아프리카행은 그녀와 나의 첫 여행이었다. 스무 살 때였다. 8년 동안, 기다리고 기다리며 계획을 짜고 또 짰다!

우리는 아프리카에는 비행기가 아니라 반드시 배를 타고 건너가야 한다고 믿었다. 팔레르모에서 튀니지로 가는 배가 있다는 것은 물론 사전에 조사해서 알고 있었다.

그날 아무튼 "도마니, 도모도쏘라."를 외쳐 기차표를 입수한 우리는 다음 날, 팔레르모로 향하는 야간열차에 올라탔다. 우리는 또 영화를 좋아해서, 테르미니역하면 〈종착역〉, 〈종착역〉 하면 몽고메리 클리프트Montgomery Clift! 하고 속삭이면서, 작아서 더없이 바람직한 짐을 – 그런데도 무거워서 점차 지겨워졌다 – 들고, 신문 스탠드와 높은 천장과 카페에서 풍기는 커피 향에 일일이 황홀해했다.

철도역만큼 여정을 부추기는 곳도 없다. 그 후에 이런저런 곳을 여행하며 다양한 교통수단을 이용했지만, 나는 역시 기차가 제일 좋다. 선로가 좋다.

이때의 기차 차장은 내 '평생 잊을 수 없는 사람' 중의 하나다.

키가 작고, 두루뭉술한 체형에 몹시 지친 듯한 표정에, 검은 수염을 기르고, 제복을 입고 있었다. 우리 둘을 어린 아이로 알았는지 걱정하는 얼굴로 이것저것 물었지만 그는 영어를 못하고 우리는 이탈리아어를 몰랐다.

그런데! 우리는 모든 여행 일정을 토마스 쿡의 시간표에 준해서 판단했고, 그 안에 있는 표시 – 열차 시간표의 일부에 배 마크가 있다 – 를 배로 환승하는 것으로만 여기고 있었다. 팔레르모는 시칠리섬에 있고, 바다 위를 달리는 기차는 있을 리 없으니 말이다.

"환승역에 도착하면 알려 주실 수 있을까요?"

우리는 영어로 차장에게 부탁했다. 시간표에 있는 배 마크를 가리키면서, 잠이 들면 지나쳐 버릴지도 모른다는 걱정을 전하기 위해 잠자는 흉내를 내기도 하면서.

"뭐라 뭐라, 팔레르모."

그가 이탈리아어로 말했다. 하지만 너희는 팔레르모로 가는 거잖아? (아마) 표를 보고 있으니 우리가 가는 곳은 물론 알고 있다. 그리고 침대를 가리키면서, 걱정 말고 자라, 하는 식으로 말했다.

"하지만 배로 갈아타야 하잖아요."

우리는 쉽, 쉽이라고 말했다. 그러나 전혀 통하지 않았다. 꽤 오래 그를 붙잡고 있었다. 침내가 두 개 있는 그 조그만 객실에. 끝내는 포기하고, 우리는 잠을 자지 않기로 했다. 차장이 가 버리자, 사 들고 온 샌드위치를 먹었다. 그리고 한참 수다를 떨었다.

안내 방송이 없어 지금 어디 있는지는 토마스 쿡의 시간표를 보며 판단했다.

"지금 지난 곳이 아마 ○○역일 거야."

"그럼, △△역은 어떻게 된 거지?"

"글쎄. 통과했는지도 모르겠네."

창밖은 하염없이 검었다. 하늘도 땅도, 나무들 그림자도.

점차 불안해져 말수가 줄었다. 어린아이들이 잘 그러듯, 침대 하나에 나란히 무릎을 꿇고 앉아 창틀에 붙어서 밖을 쳐다보았다.

이제 환승역에 거의 다 왔을 것(시간표를 확인하며)이라고 생각했다. 그때, 안 그래도 어둡던 창밖 경치가 더욱 어두워졌다. 아무것도 보이지 않았다.

"뭐지, 이거?"

"지금 어디야?"

우리는 혼란스러웠다.

"벽?"

"터널?"

"차고?"

언제든 내릴 수 있도록 배낭을 메고, 우리는 숨죽인 채 어둠을 노려보았다.

"너무 조용하지 않니?"

"응."

"움직이고 있는 거 맞아, 이 기차?"

"…… 아마."

"사람들이 내리는 것 같지는 않지?"

"응."

얼마나 그렇게 있었을까. 불쑥 그녀가 말했다.

"알겠다! 우리 지금 배를 타고 있는 거야. 기차가 고스란히 배로 들어간 거지."

"…… 선로는 어디 가고?"

"…… 선로도 같이 타지 않았을까?"

"……."

그 말이 맞았다. 그 마크는 기차에서 내려 배로 갈아타라는 뜻이 아니라, 여기에서 기차가 바다를 건넌다는 뜻이었다.

안심하는 동시에 피로가 몰려와, 우리는 침대에 쓰러져 잤다.

다음 날 아침, 무사히 팔레르모에 도착했다. 내릴 때, 차장이 우리 각자의 목에 걸린 카메라를 가리키면서, 팔레르모는 위험한 곳이니 그건 집어넣으라고 손짓했다. 여전히 몹시 지치고 난감한 듯한 표정이었다.

역자 후기

일상에 지쳐 맥이 빠졌을 때나 혹은 일상이 무료해졌을 때면 여행을 꿈꾼다.

　몸은 기껏해야 베란다에 나가 화분에 물을 주거나 구름 낀 하늘을 올려다보는 정도지만, 마음속은 쉼 없이 바깥세상을 맴돈다.

어느 도시의 미술관을 느릿느릿 거닐고, 파도가 철썩이는 이름 모를 모래 해변을 하염없이 걷기도 한다. 뾰족뾰족한 첨탑이 치솟은 대성당에 들어서, 알록달록한 스테인드글라스로 쏟아지는 눈부신 햇살을 맞는가 하면, 바다의 이편과 저편을 잇는 바람이 휘몰아치는 대교 위를 자전거를 타고 씽씽 달리기도 한다. 아름다운 광장의 노천카페에서 오가는 이국 사람들을 바라보며 아페롤을, 맥주를, 와인을 한 잔 마시기도 한다.

꿈은 점점 깊어지고, 아주 잠깐이지만 그렇게 바깥세상을 맴돌다 돌아온 마음속은 상쾌한 바람으로, 멋진 풍광으로, 달콤한 술기운으로 가득하다.

짧은 꿈을 꾼 것만으로도 이렇듯 황홀한데.

에쿠니 가오리의 이번 책 『여행 드롭』은 일상에서 지친 몸으로 꿈꾸는 이런 여행이 아니라 여행을 좋아하는 그녀가 실제로 다녀온 여행담이 꼭꼭 담겨 있어, 읽다 보면 여행이 주는 황홀감이 한층 더하다.

스무 살 어린 나이에 기대감과 긴장감으로 첫발을 디딘 유럽 여행에서 시작해, 작가로 살면서 개인적으로 또는 업무상 다녀온 여행이 페이지를 넘길 때마다 갖가지 아기자기한 일화와 함께 펼쳐진다. 영국의 어느 곳에서 촬영 중에 앞니가 하나 '사전에 아무런 증상이 없었는데, 마치 알사탕처럼 입 안에서 또르르 굴러 나왔다'는 대목에서는 웃음까지 선사해 준다. 이가 그렇게 쉽게 빠지나 싶다가, 이가 약해 언제나 병원 신세를 진다는 그녀의 당황한 모습과 끝내 촬영이 중단된 그날을 상상하면 안타까운 한편 슬쩍 웃음이 나온다. 날씨도 몹시 추웠다는데…….

세밑, 새봄의 여행을 꿈꾸며
김난주

여행 드롭

펴 낸 날 | 2024년 1월 30일 초판 1쇄

지 은 이 | 에쿠니 가오리
옮 긴 이 | 김난주
펴 낸 이 | 이태권

책임편집 | 정지원
북디자인 | 고현정

펴 낸 곳 | 소담출판사
서울특별시 성북구 성북로5길 12 소담빌딩 301호 (우)02880
전화 | 02-745-8566 팩스 | 02-747-3238
등록번호 | 1979년 11월 14일 제2-42호
e - mail | sodambooks@naver.com
홈페이지 | www.dreamsodam.co.kr

ISBN 979-11-6077-445-5 (03830)